Les Vagabonds

Maxime Gorki

Les Vagabonds

Albin Michel

Collection « Bibliothèque Albin Michel »

22, rue Huyghens, 75014 Paris

ISBN 2-226-05295-X
ISSN 0298-2447

Né en 1868 à Nijni-Novgorod, Maxime Gorki exerça dès 1875, et jusqu'en 1893, les métiers les plus divers, acquérant ainsi une vaste expérience qu'il mettra à profit dès ses premiers textes, parus en 1898, dont font partie les trois récits des *Vagabonds.* Leur succès fut d'emblée considérable. La portée internationale de ce succès se confirme avec les premières pièces de théâtre, *Les Bas-fonds* et *Les Petits bourgeois.*

L'arrestation de Gorki lors de la révolution de 1905 déclenche un mouvement de protestation dans le monde entier. Libéré, il s'installa à Capri. En 1907-1908 parut son roman *La Mère.* De retour en Russie avec la révolution d'Octobre, il en repartit en 1921, vécut en Allemagne puis à Sorrente, avant de rentrer définitivement au pays en 1928. Devenu le champion de la nouvelle littérature soviétique, il est mort à Moscou en 1936.

TCHELKACHE

I

La poussière qui monte du port ternit la limpidité du ciel. Le soleil, flamboyant sur la mer glauque, semble voilé d'une gaze légère. Son reflet arrive comme brisé sur les flots, dont la surface est sans cesse troublée par les coups de rames, par le remous des hélices des navires à vapeur, par l'étrave des felouques turques ou des voiliers, sillonnant, sans relâche, l'étroit bassin. Captives entre les granits de la côte, écrasées par les charges qu'elles supportent, les vagues dont la crête écumante est souillée d'impuretés, déferlent contre les vaisseaux et les quais. On dirait qu'elles murmurent et se battent entre elles...

Une harmonie puissante, mère du travail universel, emplit les airs, une harmonie faite du grincement des chaînes, du roulement des wagonnets chargés de marchandises, de la chute gémissante des lames de fer sur les pavés, du sifflet aigu ou grave des navires à vapeur, des appels des débardeurs, des marins et des douaniers. Cette clameur se prolonge, semble s'attarder dans le ciel, comme prise de la peur de disparaître en s'élevant.

Inlassablement, la terre exhale de nouveaux bruits, toujours les mêmes, des grondements sourds qui ébranlent le sol, des sifflets stridents qui vibrent dans l'air brûlant, alourdi de poussières.

De tout cela, pierre, métal, bois, des vaisseaux et des hommes, monte un cantique ardent, éperdu vers la divinité de l'Argent.

Mais la voix humaine, que l'on distingue à peine, est étrangement faible et aussi ridicule que les hommes eux-mêmes, auteurs de ce grand fracas. Vêtus de guenilles sordides, courbés sous le faix, ils grouillent dans la poussière tourbillonnante, dans la chaleur et dans le bruit. Ils semblent ainsi des pygmées minuscules à côté des monstrueuses machines de fer au milieu desquelles ils s'agitent, parmi les wagons roulant et tous les engins dont ils furent pourtant les inventeurs. Esclaves de leur œuvre, ils ont perdu, par elle, toute personnalité.

Les lourds vaisseaux ancrés dans le port, halètent et sifflent et chacun de leurs soupirs profonds paraît une raillerie à l'égard de ces hommes qui se traînent sur le pont et entassent dans les flancs du navire le produit de leur labeur servile. En longue file, les débardeurs s'avancent, grotesques et lamentables : ils portent sur le dos d'énormes sacs de blé ; ils vont les déposer dans les entrailles de fer des bateaux... et cela leur vaudra les quelques livres de pain indispensables à l'apaisement de leur estomac criant famine.

Terrible et cruelle ironie des choses ! les hommes demi-nus, ruisselants de sueur, écrasés de fatigue et de chaleur, étourdis par le bruit... les machines éclatantes, puissantes et insensibles. Ce n'est pas, vraiment, la vapeur qui leur donne la vie, ce sont les muscles et la moelle des hommes qui leur fournissent un aliment.

Il y a tant de bruit, tant de poussière, que les narines et les paupières en sont irritées ; les hommes sont harassés de lassitude. Il semble que dans l'atmosphère surchauffée, frémissante, se prépare une soudaine et effroyable catastrophe, une explosion qui va rendre l'air plus respirable et plus pur, qui libérera la terre apaisée de tout ce bruit exaspérant, de cette angoisse déprimante. Alors la terre et la mer et le ciel apparaîtront tranquilles et pacifiés... Hélas, ce n'est là qu'une espérance vaine, une espérance en laquelle se complaît perpétuellement l'Humanité, dans son rêve éternel et stérile d'affranchissement...

Douze coups de cloche s'égrenèrent, sonores et cadencés. Comme le dernier expirait, l'âpre harmonie du travail avait déjà diminué de moitié. Une minute après, elle n'était plus qu'un murmure confus. La voix des hommes et la voix de la mer se firent plus distinctement entendre. L'heure du repas avait sonné.

II

Cessant le travail, les débardeurs, en bandes tapageuses, s'en furent, à travers le port, achetant des victuailles aux marchandes des quais, établies en plein air, et cherchant des coins ombragés pour déjeuner par terre. C'est alors que survint, parmi eux, ce vieux loup sauvage qui avait nom Grichka Tchelkache. Maintes fois, il avait eu maille à partir avec la police. Chez les habitants du quartier du port, il était considéré comme un ivrogne invétéré, doublé d'un voleur audacieux et adroit. Il marchait nu-tête et nu-pieds, vêtu d'un pantalon de velours râpé et d'une blouse en étoffe légère complètement en lambeaux. Par les trous, on apercevait la peau brune de son cou, tendue sur des os en saillie, et qui remuaient. Ses cheveux noirs embroussaillés, où brillaient quelques fils blancs, l'aspect fripé de son visage anguleux d'oiseau de proie, témoignaient qu'il sortait à peine du sommeil. Deux fétus de paille pointaient, l'un à travers sa moustache, l'autre dans sa barbe mal rasée. Une fleur de tilleul, encore fraîche, pendait à son oreille. Très grand, très maigre, un peu voûté, il marchait tordant le nez, et cherchant des yeux quelqu'un parmi les débardeurs. Les poils noirs de sa moustache touffue s'agitaient à la façon de la moustache d'un chat, cependant que derrière son dos, il crispait ses mains aux doigts noueux.

Bien qu'ils fussent là des centaines de vanu-pieds comme lui, on ne pouvait le confondre avec les autres. Sa maigreur ascétique, la souplesse de sa démarche, en apparence indolente, mais en réalité inquiète et nerveuse comme le vol d'un épervier de la steppe, tout contribuait à lui donner avec cet oiseau une ressemblance troublante.

Comme il passait devant un groupe de vagabonds couchés à l'ombre des bannes à charbon, un gros garçon à face naïve s'avança vers lui. Il portait, sur la figure et sur le cou, des marques rouges et des égratignures qui attestaient une rixe récente. Tout en marchant côte à côte avec Tchelkache, il lui murmura, à mi-voix :

— Les gabelous du port ne peuvent arriver à retrouver deux caisses de marchandises. Ils les cherchent. M'entends-tu, Grichka ?

— Eh bien ? interrogea Tchelkache, le toisant tranquillement du regard.

— Comment ? Eh bien ?... ils cherchent, je t'avertis simplement.

— Ont-ils fait appel à moi pour les assister dans leur enquête ?

Et Tchelkache, ce disant, eut un sourire ironique en regardant les entrepôts de la Marine.

— Que le diable t'emporte ! ajouta-t-il ; et, comme son interlocuteur s'éloignait :

— Attends un peu, reprit-il encore... Tiens ! qui donc t'a arrangé de cette façon? Tu as toute la façade détériorée ? Dis-moi, as-tu aperçu Michka par ici ?

— Il y a bien longtemps que je ne l'ai

rencontré, lui cria l'autre qui vint reprendre sa place parmi les débardeurs.

Tchelkache poursuivit son chemin... Partout il était accueilli amicalement. Mais lui-même semblait n'avoir point ce jour-là cette gaîté railleuse qui lui était habituelle. De fort mauvaise humeur, il répondait d'un mot rapide à toutes les interjections.

D'un rempart de marchandises surgit un douanier. Il semblait, dans son uniforme vert foncé couvert de poussière, une incarnation de l'inflexible discipline militaire. Il se mit en travers du chemin, devant Tchelkache, menaçant, la main gauche sur la poignée de son épée, cependant que, de la droite, il s'efforçait de prendre le vagabond au collet.

— Halte-là, dit-il ; où vas-tu ?

Tchelkache fit un pas en arrière, regarda le douanier et se contenta de sourire.

Le douanier fit un effort pour donner un air terrible à sa figure colorée de bon vivant aimant à rire. Cramoisi, gonflant les joues, fronçant les sourcils, roulant des yeux furibonds, il était ainsi tout à fait comique :

— Je t'ai déjà averti ! N'essaie pas de pénétrer ici ou je te romps les côtes, hurla-t-il, d'un ton féroce.

— Bonjour Séménitch ! Il y a vraiment longtemps que je ne t'avais vu, répondit Tchelkache avec flegme, en lui tendant la main.

— Pour ma part, je me dispenserais bien de jamais te voir, répondit le douanier. Passe ton chemin.

Cependant il serra la main tendue vers lui. Tchelkache lui étreignit les doigts et tout en les secouant familièrement dans sa main noueuse, il reprit :

— Il faut que tu me dises quelque chose... N'aurais-tu pas vu Michka ?

— Qui ça, Michka? je ne connais pas Michka ! Va-t'en, frère, car si l'inspecteur te voit, il te...

— Michka ! le rouquin qui fut jadis mon compagnon de travail sur le *Kostroma,* poursuivit Tchelkache, impassible.

— Ton compagnon de rapines, veux-tu dire ! Eh bien, il est à l'hôpital, ton Michka ! il s'est laissé tomber une barre de fer sur la jambe. Et maintenant, frère, va-t'en, je te le demande, sans quoi je serai forcé de te chasser sous les coups.

— Tiens ! tu disais tout à l'heure : je ne connais pas Michka ! Tu vois bien que tu le connais ! De quoi es-tu fâché, Séménitch ?

— Ça suffit, Grichka ! Assez de balivernes, et tire-toi d'ici.

La colère commençait à s'emparer du douanier. Tout en regardant à droite et à gauche, il tentait de se dégager de la rude étreinte des doigts de Tchelkache. Celui-ci, souriant dans sa moustache, le dévisageait à travers l'épais rideau de ses cils, et maintenant prisonnière la main de Séménitch, il poursuivait son discours :

— A quoi bon me presser ? Je m'en irai quand j'aurai fini de parler avec toi... Donne-moi donc de tes nouvelles. Ta femme et tes enfants sont-ils en bonne santé ?

Il découvrit ses dents en un sourire ironique, et, clignant malicieusement des yeux, il reprit :

— Maintes fois, j'ai projeté d'aller te voir ! mais je ne trouve jamais le temps de le faire : je suis constamment ivre...

— Bien, bien ! laisse-moi tranquille ! Assez plaisanté, mauvais diable décharné. Sans cela, frère, je vais... Mais dis-moi, comptes-tu réellement mettre au pillage les demeures privées et les rues ?

— A quoi bon ? Par Dieu, il y a, ici, assez pour nous deux. A propos, Séménitch... il paraît que tu as chapardé encore deux caisses de marchandises ! Prends garde ! de la prudence, ami ! fais attention à ne pas te laisser pincer un de ces jours...

L'audace impudente de Tchelkache mit le comble à la fureur indignée du douanier. Il tremblait de tous ses membres. Il était incapable de prononcer un mot et se contenta de cracher à terre. Alors Tchelkache lui ayant lâché la main s'en fut de son pas souple et tranquille vers la porte du port. Le douanier le suivit en jurant comme un damné.

Le vagabond avait retrouvé toute sa gaîté. Sifflotant entre ses dents, plein d'indolence, les mains dans les poches de son pantalon, en paisible promeneur, il marchait, échangeant au passage, avec les uns et les autres, des réflexions amusantes et railleuses.

— Quel veinard, ce Grichka ! lui cria un des débardeurs, qui, leur repas terminé, paressaient, couchés à terre, quel veinard ce Grichka ! ces messieurs de la police veillent sur lui.

— C'est que, répondit Tchelkache, comme je n'ai pas de souliers, Séménitch a eu peur que je ne m'abîme les pieds.

Il était arrivé près de la porte. Deux gardiens le fouillèrent, puis le poussèrent dehors, sans brutalité.

— Maintenez-le, cria Séménitch qui s'était attardé dans la cour du port.

Tchelkache vint s'asseoir de l'autre côté de la voie, sur une borne, devant un cabaret. Une longue file de voitures, chargées de marchandises, sortait du port, avec un bruit assourdissant. Dans l'autre sens, arrivaient au galop d'autres voitures vides dont les cochers sautaient sur leurs sièges.

Un grondement de tonnerre montait

dans un nuage épais de poussière. On eût dit que la terre tremblait.

Excité par sa discussion avec Séménitch, Tchelkache se sentait heureux de vivre, dans ce milieu bruyant auquel il était accoutumé. Il entrevoyait pour un avenir prochain un gros bénéfice qui n'exigerait guère de force ni de ruse. Au surplus, il se savait amplement muni de l'un et de l'autre de ces deux éléments de succès. Clignant des yeux, il escomptait d'avance la noce du lendemain, lorsque, la besogne terminée, des liasses de billets gonfleraient ses poches.

Sa pensée alla ensuite au camarade Michka dont il aurait réclamé, cette nuit, l'aide précieuse, sans ce fatal accident qui lui avait coûté la jambe, et Tchelkache étouffa un juron à l'idée que l'absence de Michka allait peut-être entraver la réussite de son expédition...

Que serait la nuit ? Tchelkache inspecta le ciel puis abaissa ses regards vers la rue...

A quelques pas de lui, assis sur le trottoir, adossé à une borne, et allongeant les pieds sur la chaussée, était installé un jeune paysan vêtu d'une blouse bleue et d'un pantalon de même couleur, chaussé de sabots, et coiffé d'une casquette jaunie. A ses côtés, se trouvaient un petit sac et une faux démontée, entourée de foin et méticuleusement ficelée. C'était un fort gars aux épaules carrées, aux cheveux blonds, au teint hâlé et brûlé par le vent de la steppe. De ses larges yeux clairs, pleins d'une confiance naïve, il examinait familièrement Tchelkache.

Celui-ci commença par le fixer avec insistance, lui tira la langue et découvrit ses dents avec une grimace effroyable.

Le jeune paysan, stupéfait, ferma les yeux, puis soudain se mit à pouffer de rire en criant :

« Ah ! qu'il est amusant ! »

Après quoi, sans prendre même la peine de se lever, il rampa, en quelque sorte, jusqu'à la borne de Tchelkache, tout en tirant derrière lui son sac dans la poussière et en heurtant sa faux sur les pavés.

— Eh, frère, dit-il à Tchelkache, en tâtant le pantalon du vagabond, m'est avis que tu as dû faire une noce carabinée.

— En effet ! jeune drôle, en effet, répondit Tchelkache avec bonhomie.

Ce gars solide dont les yeux ingénus trahissaient une âme d'enfant lui plut spontanément. Il reprit :

— Tu viens de faire les foins ?

— Oui ! j'ai fauché une verste entière pour gagner un kopeck ! Les affaires vont mal : il y a trop de monde. Des crève-la-faim sont venus qui ont gâté les prix. Autrefois on touchait soixante kopecks à Koubagne, et, dans le temps, paraît-il, on obtenait quatre roubles, parfois cinq...

— Dans le temps !... Dans le temps on payait trois roubles pour avoir le droit de regarder seulement un vrai Russe. Il y a quelque chose comme dix ans, j'en avais fait mon commerce. En pénétrant dans un village, je m'écriais : « Moi je suis Russe ». Aussitôt chacun d'accourir, de m'examiner, de me palper, de m'admirer... et cela mettait trois roubles dans ma poche. Par-dessus le marché, on me donnait à manger et à boire et on me suppliait de rester aussi longtemps que cela me plairait.

Le gars écoutait Tchelkache discourir... Il était d'abord demeuré bouche bée, une expression de surprise et d'admiration peinte sur sa large face ébahie. Comprenant enfin que ce déguenillé racontait des hâbleries, il ferma la bouche et partit d'un immense éclat de rire. Tchelkache, imperturbablement sérieux, dissimulait dans sa moustache son hilarité.

— Quel phénomène tu fais ! dit le paysan. On jurerait que tu dis la vérité : moi je t'écoutais avec confiance. Mais sérieusement, je t'assure que là-bas, dans le temps...

— Et moi je dis comme toi : je t'assure aussi que dans le temps, là-bas...

— Va au diable ! dit le jeune paysan, avec un geste découragé, puis il ajouta : Dis-moi, es-tu cordonnier ? es-tu tailleur ?

— Moi ? interrogea Tchelkache ; il réfléchit un moment avant de répondre, puis déclara : Je suis pêcheur.

— Pêcheur ? Est-ce sérieux ? Que pêches-tu, du poisson ?

— Pourquoi du poisson ? Les pêcheurs de ces parages ne cherchent pas seulement cela. La plupart du temps, grâce à des lignes faites exprès pour ce genre de pêche, nous ramenons des noyés, des ancres perdues, des bateaux coulés, bref, toutes sortes de choses...

— Invente et blague à ton aise ! Ne serais-tu pas plutôt de ces pêcheurs qui chantent en parlant d'eux-mêmes :

Pour nous, lançons nos filets
Sur les rives desséchées
Sur les hangars et les bergeries.

— Tu les connais ceux-là ? questionna Tchelkache avec un regard ironique en face de la stupidité évidente de ce bon garçon.

— Ma foi, je n'en ai jamais vu ; mais j'en ai ouï parler.

— Te plaisent-ils ?

— Pourquoi me déplairaient-ils ? Ils vivent libres et sans crainte.

— Bah ! que parles-tu de liberté, elle t'est précieuse, ta liberté ?

— Comment n'y pas tenir ? Etre son seul

maître, aller où va votre désir, agir à sa guise ! Parbleu, c'est le rêve, à la condition de se bien tenir et de ne pas se perdre soi-même. On peut ainsi faire la noce autant que l'on veut, pourvu qu'on ne s'écarte pas de Dieu !

Méprisant, Tchelkache cracha à terre et, tournant le dos au paysan, cessa de l'interroger.

— Moi, par exemple, continuait le gars, en s'animant soudainement... Mon père, en mourant, m'a laissé un bien infime. Ma mère est âgée, le sol est épuisé ! Que veux-tu que je fasse ? Il me faut vivre. Comment ? Mystère. Parbleu ! j'aurais bien accepté d'entrer comme gendre dans une famille riche, si le père avait voulu donner une dot à sa fille ! Mais ce damné beau-père ne veut rien savoir pour partager sa fortune. Alors, quoi ! me faudra-t-il trimer pour son bénéfice pendant de longues années ? Comprends-tu ma situation ? Ah ! si je pouvais me trouver à la tête de quelque cent cinquante roubles, je serais plus fort, je pourrais dire au vieux : « Consens-tu à donner une dot à Marfa ? » — « Non » — « Ça va bien ! Grâce à Dieu, il n'y a pas qu'elle de fille à marier dans le village. » De la sorte je fusse resté libre et mon seul maître. Ah, oui ! — Le jeune paysan eut un soupir — Hélas, actuellement, je ne puis faire autrement que d'entrer dans une famille. Je m'étais dit : « Je vais à Koubagne, je gagne au moins deux cents roubles. Je suis sauvé, je suis quelqu'un. » Bah, roulé, l'affaire est dans l'eau ! Il me faudra donc me résigner à me marier pauvrement, et à végéter comme un esclave, puisque je possède trop peu pour vivre de mes propres ressources. Hélas !

Cette perspective d'épouser une jeune fille riche, qui continuerait à demeurer dans sa famille, paraissait horripiler le jeune garçon, au point qu'une expression de tristesse et d'ennui se répandit sur son visage. Il s'agitait sur le sol, ce qui attira de nouveau sur lui l'attention de Tchelkache, qui, pendant ce monologue, était resté plongé dans ses réflexions personnelles.

Bien qu'il ne ressentît aucun plaisir à

poursuivre cette conversation, Tchelkache demanda néanmoins :

— Alors, où vas-tu, maintenant ?

— Où je vais ? chez moi, naturellement !

— Pourquoi naturellement ? Tu n'aurais pas envie d'aller en Turquie ?

— En Turquie ! répéta le gars d'une voix traînante. Est-ce que les chrétiens vont en Turquie ?

— Espèce d'idiot, murmura Tchelkache.

Il se tut à nouveau et se détourna, bien résolu, cette fois, à ne plus adresser la parole à ce rustre solide qui faisait naître en lui un sentiment indéfinissable.

Un trouble étrange, lent à se préciser, quelque chose qui ressemblait confusément à du dépit, l'étreignait jusque dans ses fibres les plus intimes, lui rendait tout recueillement impossible et l'empêchait de songer à ses projets de la nuit.

Le paysan, vexé de l'insulte, grommelait à demi-voix des paroles désobligeantes et, par instant, jetait à Tchelkache des regards de travers. Il gonflait ses joues, faisait la moue et clignait des yeux d'une façon tout à fait cocasse. Très certainement, il n'avait pas cru que l'entretien avec cet individu à grandes moustaches pût finir si brièvement et sur une telle humiliation.

Tchelkache ne lui portait plus aucune attention. Très préoccupé, il sifflotait, assis sur sa borne, tout en battant la mesure avec son talon nu et poussiéreux.

Le paysan crut le moment venu de prendre sa revanche :

— Eh ! le pêcheur ! commença-t-il, te saoules-tu souvent ?...

Il dit, mais soudain le pêcheur se tournant de son côté, lui demanda avec brusquerie :

— Ecoute, jeune drôle ! Cette nuit, veux-tu travailler avec moi ? Allons, réponds vite !

— A quel travail ? interrogea le paysan d'un ton méfiant.

— Je te le dirai ! Nous irons à la pêche... Toi, tu rameras.

— Si c'est cela, pourquoi pas ? Ça va ; je ne demande pas mieux que de travailler. Seulement, vois-tu, ne risque-t-on pas de mal tourner avec toi ? tu as des airs mystérieux qui ne me rassurent guère.

Tchelkache eut l'impression d'une brûlure à la poitrine et répondit avec une fureur contenue :

— Ne te mêle pas de ce que tu ne peux pas comprendre. Sans quoi j'aurai vite fait de t'assener sur la tête un de ces coups de poing qui éclaircissent instantanément les idées des hommes tels que toi.

Il se mit debout d'un bond. De sa main gauche, il tira nerveusement sa moustache. Il crispa son poing droit dur comme du fer, et sous la peau on vit se gonfler ses veines noueuses. Un éclair brilla dans ses yeux.

Le rustre eut peur. Il interrogea les environs d'un regard rapide et timoré, et se redressa à son tour. Les deux hommes se toisèrent en silence.

— Eh bien ? interrogea rudement Tchelkache.

Un ferment de colère bouillait en lui. Ce jeune veau venait de l'insulter. Il l'avait d'abord méprisé en causant avec lui, il le haïssait maintenant. Il haïssait en lui la pureté de ses yeux couleur du ciel, le hâle de sa face de paysan ; il haïssait la force de ses bras courts, mais il haïssait aussi cet enfant parce qu'il possédait un village et une maison dans ce village, là-bas, dans un coin de la terre, parce qu'une famille s'offrait à l'accepter pour gendre, enfin et surtout, parce que cet être, un gamin auprès de lui, Tchelkache, prétendait aimer la liberté, la liberté dont il était incapable, pourtant, d'apprécier la valeur et qui ne lui pouvait servir à rien. L'homme est ainsi fait : il admet malaisément qu'un individu, qu'il considère comme son inférieur, devienne son égal en partageant ses affections ou ses haines.

Le jeune paysan contemplait Tchelkache. Il pressentait en lui son maître.

— Mais, reprit-il, c'est entendu. J'accepte. Ce que je cherche, en somme, c'est du travail. Peu m'importe que ce soit pour toi ou pour un autre. Si j'ai parlé de la sorte, frère, c'est que tu n'as pas beaucoup l'aspect d'un homme qui travaille ; tu es vraiment un peu trop dépenaillé. Mais, au fond, ce sont là choses qui peuvent arriver à tout le monde. On croirait que je n'ai jamais vu un ivrogne ! Dieu sait pourtant que j'en ai connu bon nombre et de plus endurcis que toi.

— A la bonne heure, répondit Tchelkache, d'une voix adoucie. Alors, c'est conclu.

— Certes, et bien volontiers. Dis-moi : combien payes-tu ?

— Cela dépendra du travail que nous aurons à faire et de l'importance de nos prises. Il se pourrait que je te donne cinq roubles. Comprends-tu ?

Mais, dès l'instant qu'il était question d'argent, le paysan tenait à ce que les choses fussent bien établies et il lui apparaissait nécessaire d'avoir un engagement formel de la part de son nouveau patron. Toute sa méfiance reparut et, soupçonneux, il déclara :

— Cette combinaison ne me plaît pas beaucoup, frère... Ces cinq roubles, je préférerais les toucher tout de suite.

Tchelkache inaugura son rôle de chef.

— Assez discuté, dit-il, un peu de patience ! Entrons au cabaret.

Côte à côte, ils descendirent la rue. Tchelkache affectait des airs importants de patron et se faisait la moustache. Le paysan marchait en dissimulant, sous une soumission apparente, toute sa méfiance timorée.

— Quel est ton nom ? demanda Tchelkache.

— Gavrilo, répondit l'autre.

Ils entrèrent dans un bouge. L'air y était empuanti de fumées. Tchelkache marcha droit au comptoir et familièrement, à la façon d'un client fidèle, il commanda une bouteille d'eau-de-vie, de la soupe aux choux, un rôti, du thé. Quand il eut ainsi fait son menu, il conclut brièvement par ces mots: « A crédit ! » Silencieusement, le garçon inclina la tête. Devant la confiance que son nouveau maître inspirait à tous, en dépit de ses allures d'escarpe, Gravilo sentit naître en lui un sentiment de respect profond pour cet homme si avantageusement connu partout.

— C'est fait, dit Tchelkache. Nous allons

casser une croûte ; nous causerons après. Attends-moi une minute, je vais revenir.

Il sortit. Gavrilo inspecta l'endroit où il se trouvait. C'était un bouge établi dans un sous-sol. Une obscurité humide y régnait et l'air était vicié par la fumée de tabac, les relents de goudron et une odeur étrange, comme rancie. Un homme ivre, à barbe rousse, était assis à la table qui faisait vis-à-vis à celle de Gavrilo. Il portait un costume de marin souillé de charbon et de taches de cambouis. Il grasseyait d'une voix fausse, sifflante et pleurnicharde, une chanson dont il estropiait les paroles, Un hoquet continu l'agitait. Il était évident que ce n'était pas un Russe.

Derrière lui, deux femmes de Moldavie, très brunes, au teint hâlé, vêtues de haillons, psalmodiaient aussi une chanson, d'une voix aigre. Dans le fond de la pièce, émergeant encore de l'obscurité, apparaissaient des visages étranges, des chevelures en désordre, qui appartenaient à des gens ivres, énervés..., des faces de déséquilibrés.

Gavrilo, effrayé de sa solitude, se prit à

désirer le retour de son maître. Tous les bruits, dans le cabaret, semblaient s'unifier en une seule note ; on croyait entendre le rugissement d'une bête formidable douée de cent bouches furieuses, cherchant vainement, en un effort désespéré, une issue pour s'évader de cette geôle de pierre. Gavrilo s'efforçait inutilement d'observer autour de lui ; quelque chose qui tenait du vertige, obscurcissait ses yeux, alourdissait sa pensée et l'enivrait à la fois...

Tchelkache rentra... Tout en causant, ils commencèrent à boire et à manger. Au troisième verre, Gavrilo était ivre. Il devint gai. Il cherchait une parole aimable pour ce brave homme de patron qui lui offrait un régal si splendide avant même d'avoir fait usage de ses services. Mais sa langue empâtée par l'ivresse, se refusait à proférer les mots qui lui venaient en foule à la gorge. Tchelkache l'examinait. Il eut un sourire ironique.

— Te voilà déjà mûr, dit-il. Pas possible ! pour cinq malheureux petits verres ! Mais tu ne vas pas pouvoir travailler ?

Gavrilo bafouillait :

— Aie pas peur, ami ! je travaillerai pour toi ! Ah, comme je vais bien travailler pour toi ! Il faut que je t'embrasse, veux-tu?

— Ça va bien ! ça va bien ! Encore un verre.

Gavrilo but. Bientôt, il vit tout tourner devant lui, en cercles réguliers, ce qui ne laissait pas que de lui faire mal au cœur d'une façon très désagréable. Il prit un air d'inspiration hébétée.

Il voulait parler, il ne pouvait qu'ouvrir la bouche d'où s'échappaient des sons rauques. Tchelkache le dévisageait, semblant évoquer un souvenir. Il frisait sa moustache et souriait encore, mais d'un rictus cruel et menaçant.

Un grand bruit d'ivresse emplissait le bouge. Le matelot roux s'était endormi sur la table, la tête contre le bras.

— Sortons, ordonna Tchelkache, en se levant.

Gavrilo essaya de l'imiter. Ce fut en vain. Il poussa un juron terrible, puis se mit à rire, d'un rire abruti d'ivrogne.

— Tu es propre ! dit Tchelkache, qui se rassit en face de lui. Gavrilo continuait à rire, fixant ses regards sur son patron. Celui-ci l'étudiait froidement et avec attention. Il sentait qu'il avait là un homme dont la vie désormais était entre ses griffes de fauve ; et, en lui-même, il se savait de force à l'utiliser pour ses besoins. À sa guise, il pouvait l'anéantir comme il eût fait d'une feuille de papier, ou l'aider à se créer une place définitive et paisible dans son village. Il se complaisait en cette idée qu'il était vraiment maître et seigneur de cet homme et pensait que ce paysan ne connaîtrait jamais les plaisirs et jouissances dont lui-même, Tchelkache, avait épuisé la coupe, au cours de sa vie. Cette jeune nature inexpérimentée lui inspirait à la fois, de l'envie, de la pitié, de l'ironie et une sorte d'attendrissement, lorsqu'il réfléchissait qu'elle retomberait, sans doute, en des mains aussi impitoyables que les siennes... Et tout cela se résumait en un sentiment paternel et dominateur. Il plaignait ce rustre parce qu'il lui était nécessaire... Alors, Tchelkache prit Gavrilo par le bras, et, le poussant tout doucement, il le fit sortir du bouge et l'étendit à l'ombre d'une pile de bois ; après quoi, il s'assit à ses côtés et alluma sa pipe. Gavrilo se retourna un instant, grogna, puis s'endormit...

III

— Eh bien ! es-tu prêt ? dit Tchelkache à Gavrilo, comme celui-ci prenait les rames en mains.

— A la minute ! Un des tolets remue, puis-je l'enfoncer en tapant dessus avec une rame !

— Non, non ! pas de bruit ! Remets-le en place en appuyant avec les mains.

Les deux hommes maniaient le plus silencieusement possible une barque amarrée à l'avant d'un voilier. Tout autour, était groupée une flottille de bateaux chargés de bois de chêne et des felouques turques que l'on n'avait encore qu'à moitié débarrassées de leur cargaison de bois, palmiers, santal et cyprès.

La nuit était noire ; des nuages épais et lourds éparpillaient leurs haillons en lambeaux sur la voûte du ciel; la mer immobile offrait l'aspect opaque d'un océan d'huile. Une saveur humide et salée s'en dégageait. Elle chantait timidement en caressant les rochers de la côte et les flancs des navires. La barque de Tchelkache était lentement balancée par elle. Au loin, vers la pleine mer, se détachaient les silhouettes noires des grands navires dont les mâts pointaient vers le ciel, terminés à leur extrémité par des fanaux de couleurs variées. Ces lumières se reflétaient dans les flots et la mer semblait ainsi parsemée de points jaunes tremblant sur le velours épais de sa surface. Elle se soulevait à intervalles réguliers comme si elle eût respiré avec force. Elle dormait d'un sommeil paisible et fort à la manière d'un travailleur épuisé par une journée de labeur, écrasant.

— En avant ! dit Gavrilo.

Les rames attaquèrent l'eau.

— Nageons.

D'un violent coup d'aviron, Tchelkache fit glisser la barque entre deux bateaux. Il ramait vigoureusement. Au contact des lames de bois, l'eau semblait s'illuminer d'un éclair bleuâtre et phosphorescent. Le bateau laissait derrière lui un sillage lumineux comme un serpent de feu...

— Eh bien, interrogea Tchelkache avec bonhomie, souffres-tu toujours beaucoup de la tête ?

— Affreusement ! Il me semble qu'elle contient une cloche. Je vais l'arroser avec un peu d'eau.

— Pourquoi faire ? Arrose-toi plutôt l'intérieur, cela te fera plus de bien.

Et Tchelkache tendit une fiole à Gavrilo.

— Crois-tu ? dit celui-ci. Que Dieu me bénisse !

Un joyeux glou-glou se fit entendre.

— Eh ! mais ! tu abuses de la permission. Ça suffit, cria Tchelkache en l'arrêtant.

La barque reprit sa course silencieuse et rapide dans le dédale des bateaux. Subitement elle se dégagea de leur masse et aux yeux des rameurs, la mer libre s'étendit à perte de vue, majestueuse et étincelante. À l'horizon, elle se confondait avec le ciel...

De la surface des flots montaient des amoncellements de nuages violacés, bordés de lisières jaunes, glauques comme la mer elle-même, ou bien encore couleur d'ardoise, ternes comme les torpeurs de l'ennui qui s'appesantissent parfois sur l'esprit et les pensées. Les nuages chevauchaient lentement les uns sur les autres, semblant parfois se souder en une masse unique et parfois se séparant brusquement ; ils confondaient leurs formes et leurs teintes, se dissociaient et se reformaient avec des contours nouveaux, grandioses et tragiques. On sentait comme un souffle fatal dans ce mouvement de choses inanimées, et l'on avait l'impression que perpétuellement d'autres nuages s'élèveraient des horizons de la mer, d'autres nuages innombrables qui monteraient dans le ciel afin de cacher cruellement derrière leur rideau opaque ces millions d'yeux d'or que sont les étoiles aux multiples reflets, les étoiles rêveuses et vivantes qui éclairent les flots assoupis, et apportent aux hommes, extasiés devant leur lumière sacrée, les désirs purs et nobles.

— Est-ce beau, la mer ! dit Tchelkache.

— Pas laid, répondit Gavrilo, mais ce n'est pas rassurant d'être dessus.

Il ramait vigoureusement et en cadence. Le bruit des avirons heurtant les flots s'entendait à peine, cependant que se prolongeait le sillage phosphorescent et argenté.

— Pas rassurant ! quel niais ! murmura Tchelkache avec mépris.

Lui, malfaiteur cynique, aimait la mer ! Le spectacle de cette immensité sans borne, sans frein et sans entrave flattait l'ardeur de son tempérament assoiffé de sensations violentes, et la réponse de Gavrilo le froissait comme un outrage à la splendeur de cette mer qu'il aimait. Tout en tenant le gouvernail, il fendait les flots de son coup de rame et les yeux perdus dans un rêve, il sentait en lui grandir un désir ardent de flotter longtemps encore sur cette nappe de velours. Lorsqu'il était en mer, son âme s'imprégnait d'une émotion puissante et tiède qui la purifiait en quelque sorte des ignominies de la vie. Il savourait avec joie le plaisir de se sentir meilleur entre les flots et le ciel ; dans cette atmosphère, il éprouvait un adoucissement à l'amertume de ses pensées et la vie lui apparaissait moins précieuse. La mer, durant la nuit, soupire légèrement comme si sa respiration était endormie et ce murmure apporte à l'homme un souffle de paix, le détourne de ses penchants pervers et le porte aux aspirations saines...

— Mais, dis-donc, où sont tes filets ? interrogea subitement Gavrilo qui inspectait le contenu de la barque.

Tchelkache sursauta.

— Le filet est là, au gouvernail.

— Quelle espèce de filet est-ce donc ? reprit Gavrilo méfiant.

— Un épervier et...

Soudain une honte envahit Tchelkache; à quoi bon mentir à cet adolescent et lui déguiser ses intentions ? D'autre part, il regrettait les rêves auxquels la question du jeune paysan l'avait arraché. Une colère le prit ; il éprouva à la poitrine cette sensation de brûlure qu'il connaissait bien, une contraction subite le serra à la gorge. Brutalement il jeta ces mots à Gavrilo :

— Tu es là ! ça va bien, restes-y ! Ne t'occupe pas de ce qui ne te regarde pas. Je t'ai emmené pour ramer : rame et tiens ta langue si tu ne veux pas que cela tourne mal pour toi. M'as-tu compris ?

Un instant, la barque immobilisée suspendit sa course. Les rames cessèrent de battre l'eau écumante et Gavrilo inquiet s'agita sur son banc.

— Rame !

Un juron énergique fouetta l'air. Gavrilo appuya sur les avirons. La barque, comme frappée de terreur, bondit par soubresauts rapides, irréguliers, faisant bruyamment clapoter les flots.

— Mieux que cela ! commanda Tchelkache.

Il se dressa et, sans lâcher sa rame, il plongea un instant l'éclair de son regard froid dans les yeux de Gavrilo pâle et dont les lèvres frémissaient de peur. Ramassé sur lui-même, courbé en avant, Tchelkache ressemblait ainsi à un chat prêt à bondir. Il grinçait furieusement des dents et fit craquer les os de ses mains.

— Qui va là ?

Impérieusement, cette question résonna sur la mer.

— Ah démon ! veux-tu ramer ! sans bruit ! Ah chien, je te crèverai ! rame donc ! une, deux ! Essaye de crier ! je t'éventre, grondait Tchelkache.

— Vierge Marie ! balbutiait Gavrilo terrorisé et épuisé de fatigue et de peur.

La barque vira légèrement et se dirigea vers le port où les falots multicolores se pressaient dans les mâtures.

— Ohé ! qui crie par là ? interrogea de nouveau la voix. Mais elle était plus éloignée. Tchelkache reprit son assurance.

— Mais, camarade, c'est toi qui cries ! lança-t-il dans la direction d'où était venu l'appel ; puis se tournant vers Gavrilo qui continuait à marmotter une prière, il ajouta :

— Oui, petit frère, tu as eu de la veine ! si ces démons nous avaient couru sus, c'en était fait de ta peau. Tu m'entends ! Je t'eusse immédiatement expédié aux poissons...

Tchelkache parlait maintenant paisiblement et presque avec bienveillance. Gavrilo qui tremblait encore de peur le supplia :

— Je t'en prie, laisse-moi partir ! laisse-moi partir, par le Christ ! Dépose-moi n'importe où ! Oh là, là là, là là ! je suis complètement perdu. Songe à Dieu, laisse-moi? Que veux-tu de moi ? je ne puis pas t'aider en tout ceci ; je n'ai jamais fait de pareilles choses ! Seigneur Dieu, c'est la première fois ! Je suis perdu ! Ah frère, que m'as-tu fait pour m'entraîner de la sorte ? Parle ! Tu perds mon âme, c'est un crime ! Hélas, quelle aventure !

— Quelle aventure ? demanda durement Tchelkache. Réponds, quoi, quelle aventure?

Il se divertissait de la peur de ce rustre et éprouvait une jouissance à l'idée que c'était lui, Tchelkache, qui avait su provoquer une telle frayeur.

— Une aventure ténébreuse, frère ! Au nom de Dieu, délivre-moi ? Que suis-je pour toi ? Ami...

— Silence ! Ne comprends-tu pas que si je n'avais pas eu besoin de toi, je ne t'aurais pas emmené ? Ainsi donc, tais-toi.

— Mon Dieu ! gémit Gavrilo en pleurant.

— Ah ! assez.

Mais Gavrilo, incapable de se contenir davantage, sanglotait désespérément ; il gémissait, se mouchait, se remuait sur la banquette, tout en continuant à ramer avec l'énergie du désespoir. La barque filait comme un trait. A nouveau, la masse noire des vaisseaux leur barra la route et le frêle esquif tournoyant sur lui-même comme une toupie, s'engagea dans les passages étroits qui les séparaient les uns des autres.

— Holà, fais attention à ce que je vais te dire. Si ta peau t'est précieuse, tais-toi, si qui que ce soit nous interpelle. M'as-tu compris ?

— Hélas ! gémit pour toute réponse Gavrilo. Puis il ajouta :

— Il était écrit que je perdrais mon âme avec toi !

— Ne beugle pas ! dit Tchelkache d'une voix étouffée.

Cette réponse acheva d'abrutir Gavrilo,

qui se résigna dans l'attente glaciale d'un malheur. D'un geste automatique, il plongeait ses rames, les lançait derrière lui, les sortait de l'eau, les lançait à nouveau et demeurait les yeux fixés sur ses sabots d'écorce. Il y avait une menace sombre dans le bruit des vagues assoupies...

Ce fut le port... Derrière la muraille de granit parvenaient des bruits divers, voix d'hommes, murmures de l'eau, des chansons et des sifflets aigus.

— Stop ! murmura Tchelkache. Lâche les avirons ! Appuie les mains au mur ! Doucement, animal !

En s'arc-boutant contre la paroi glissante, Gavrilo fit glisser la barque le long du mur, silencieusement, le bord frôlant la mousse gluante du granit.

— Arrête ! reprit Tchelkache. Passe-moi les rames ! Donne-les ici ! Où as-tu mis ton passeport? Dans ton sac ! Passe-moi le sac ! Plus vite que ça... Mon bon ami, ceci est pour m'assurer que tu ne te tireras pas d'ici! Comme cela, je te tiens. Même sans les rames, tu aurais filé, mais tu n'oseras pas le faire sans ton passeport. Reste là, mais rappelle-toi que si tu profères un mot, je te rejoindrai, quand bien même tu serais caché au fond de la mer.

Et Tchelkache, subitement, saisissant quelque chose des deux mains, s'éleva dans l'air, puis disparut à la crête du mur.

Gavrilo eut un frémissement... Cela s'était fait si rapidement ! Il lui sembla que le lourd manteau de terreur qui pesait sur lui, en compagnie de ce forban à grandes moustaches et à face décharnée, venait de se détacher et de tomber de ses épaules. Maintenant, il fallait fuir... Avec un soupir de délivrance, il inspecta les lieux autour de lui. A gauche, un vaisseau noir démâté, semblable à un énorme cercueil vide qu'on aurait abandonné là. Chaque fois qu'une vague venait battre sa carcasse, il en sortait un soupir grave comme un écho assourdi. A droite, plongeant dans l'eau ainsi qu'un serpent lourd et froid se prolongeait le mur humide du port. En arrière, d'autres masses noires de navires pareils à des squelettes et devant, entre le mur et le vaisseau-cercueil, s'étendait la solitude silencieuse de la mer que surplombaient des nuages noirs. Ces nuages rampaient, massifs, lents et lourds, terrifiants par leur ombre et prêts, semblait-il, à s'appesantir sur les hommes pour les écraser. Une impression sinistre flottait dans l'air, glaciale et ténébreuse. La frayeur de Gavrilo redoubla. Cette peur panique dominait encore la crainte que Tchelkache lui inspirait. Une angoisse l'étreignait à la poitrine et l'étouffait à tel point qu'il n'était plus qu'une loque humaine, lamentable, affalée sur un banc de la barque.

Alentour, c'était l'universel silence. Hormis la plainte de la mer, pas un bruit ; on avait l'impression qu'un cataclysme terrible, furieux et bruyant allait rompre ce calme, un cataclysme qui soulèverait la mer jusqu'au plus profond de sa masse, qui mettrait en déroute aux quatre coins du ciel les troupeaux sombres des nuages et qui disperserait dans l'infinie solitude des flots tous ces vaisseaux noirs. Les nuages continuaient à progresser dans le firmament aussi péniblement que tout à l'heure ; mais, sans cesse, il s'en élevait de nouveaux du sein de la mer, si bien que le ciel paraissait lui-même une mer démontée et furieuse, renversée au-dessus de l'autre, silencieuse, paisible et endormie. Certains nuages avaient l'aspect de vagues courant à l'assaut de la terre en secouant leurs crêtes grisâtres, d'autres paraissaient des abîmes profonds que le vent aurait creusés entre les lames, et d'autres encore ressemblaient à des ondulations naissantes du flot avant qu'elles aient déferlé en un couronnement d'écume verdâtre.

Ce calme tragique et grandiose dominait Gavrilo ; il comprit que ce qu'il souhaitait avant tout, c'était le retour de son maître. Il tardait bien à revenir !

Les minutes passaient plus lentement encore que les nuages qui se traînaient dans le ciel. Mais soudain, derrière le mur, il y eut un clapotis d'eau, puis un glissement et une sorte de murmure. Gavrilo faillit tomber inanimé de peur.

— Eh bien ! dors-tu ? Attrape, doucement ! dit Tchelkache d'une voix assourdie.

Un objet pesant, de forme cubique, descendait en frôlant le mur. Gavrilo le posa dans la barque. Un autre colis semblable suivit. Alors, sur la crête du mur, s'allongea la longue silhouette de Tchelkache. Les rames reparurent comme par enchantement, le sac de Gavrilo vint tomber à ses pieds, puis Tchelkache en personne tout essoufflé reprit sa place au gouvernail. Gavrilo le dévisagea en souriant, à la fois joyeux et timoré.

— Tu es fatigué ? demanda-t-il.

— Parbleu, un peu, jeune veau ! Rame vigoureusement, de toute ton énergie. Ton bénéfice sera gros, frère ! Voilà la moitié de l'affaire terminée. A présent il ne nous reste plus qu'à passer sans être vus sous les yeux de ces démons maudits. Après quoi, ton argent en poche, tu pourras t'en aller chez ta Machka, car tu as une Machka, hein, petiot ?

— No-non, répondit Gavrilo avec peine. Sa poitrine semblait un soufflet et ses bras des ressorts d'acier. L'eau frémissait sous la barque et le sillage phosphorescent que traçait l'arrière de l'embarcation s'était fait plus large. Gavrilo était en sueur, mais il continuait à ramer aussi violemment que possible. Deux fois, au cours de cette nuit, il avait connu une telle frayeur que son plus ardent désir, par crainte d'une nouvelle alerte, était d'en avoir fini au plus vite avec cette besogne de damné, toucher terre et s'enfuir loin de cet homme avant qu'il ne l'eût tué, ou avant d'être jeté en prison comme complice de ses crimes. Il résolut donc de ne plus lui adresser la parole, de ne pas le contredire, de faire toutes ses volontés, et fit le vœu, s'il réussissait à s'en libérer sans difficultés, de faire chanter un *Te Deum* à Saint-Nicolas. Une prière éperdue lui montait du cœur aux lèvres. Mais il se dominait, haletait comme la chaudière d'un vapeur et gardait le silence, tout en coulant des regards sournois vers Tchelkache.

Celui-ci, inclinant en avant sa longue silhouette décharnée, dans l'attitude d'un oiseau de proie qui se prépare à prendre son vol, fouillait les ténèbres, en avant de la barque, de ses yeux d'épervier. Son nez d'aigle, menaçant, palpitait. D'une main il gouvernait, de l'autre tirait sa moustache frémissant sans cesse au rictus muet de ses lèvres pincées. Tchelkache triomphait. Sa joie provenait du succès de son entreprise, de la conscience qu'il avait de sa propre valeur et aussi de la peur panique qu'il avait inspirée à ce rustre devenu son esclave. Il songeait aussi à la fête énorme qu'il allait faire le lendemain et se délectait dans la constatation de sa propre force et de l'asservissement de ce paysan naïf et sain. Le voyant épuisé, il se sentit ému de pitié et voulut le réconforter.

— Hein, dis-moi, interrogea-t-il avec douceur. Est-ce que tu as eu très peur ?

— Qu'importe, répondit Gavrilo qui toussa pour étouffer un soupir.

— Ce n'est plus la peine de tant peiner sur les avirons. Actuellement c'est fini. Il ne nous reste plus qu'un mauvais passage à affronter. Repose-toi.

Obéissant, Gavrilo se redressa, passa la manche de sa blouse sur son visage trempé de sueur puis, reprenant les rames, les replongea dans l'eau.

— Attention, rame plus doucement. Tâche que les rames ne chantent pas. Il y a un passage périlleux à franchir. Légèrement, légèrement ! Dans ce coin, frère, il y a des gens qui ne plaisantent pas. S'ils s'amusaient, ce serait avec un fusil, et tu risquerais de recevoir à la tête une belle bosse sans même avoir le temps de dire : Ouf !

La barque glissait sur l'eau presque silencieusement. Seules des gouttelettes, d'un bleu argenté, tombaient des avirons, et au contact de la mer, elles allumaient à sa surface des petites taches de même couleur. L'ombre et le silence de la nuit semblaient encore plus intenses. Le ciel n'avait plus l'aspect d'un océan en furie. Les nuages l'avaient envahi tout entier et voilé d'un rideau lourd et opaque qui pesait au-dessus de la mer, immuable. Celle-ci, encore plus calme et plus noire, semblait moins infinie et émettait des senteurs chaudes plus violentes et plus salées.

— Ah ! pourquoi ne pleut-il pas, chuchota Tchelkache ; nous voguerions comme protégés par un voile.

A droite et à gauche, émergeant tout noirs de la masse également noire des flots, des bateaux et de grands navires dressaient leur silhouette immobile et funèbre. Sur le pont de l'un d'eux, une lumière remuait : quelqu'un marchait avec une lanterne.

— La douane, murmura Tchelkache.

Depuis qu'il avait reçu l'ordre de ramer sans bruit, Gavrilo sentait à nouveau une angoisse énervée s'emparer de lui. Courbé en avant, fouillant l'obscurité, il avait l'impression de grandir ; ses os et ses nerfs étaient tendus et lui causaient une douleur sourde. Une obsession lui emplissait le cerveau ; un frémissement lui parcourait l'épiderme dans le dos, et il lui semblait qu'un millier d'aiguilles de glace lui piquaient les jambes. Une brûlure lui venait aux yeux, à force d'avoir fixé l'ombre de la nuit, ces ténèbres d'où il s'attendait sans cesse à voir surgir quelqu'un qui s'écrierait : « Arrêtez, bandits ! »

A l'annonce faite par Tchelkache : « La douane », Gavrilo eut un sursaut. Une idée surgit en lui, lancinante, ardente, qui crispa ses nerfs surexcités : il voulut hurler, appeler au secours. Déjà il ouvrait la bouche, mais soudain une frayeur le cingla comme un coup de fouet, il ferma les yeux et terrassé, il tomba de son banc...

En avant de la barque, à l'horizon lointain, une gigantesque épée d'un bleu étincelant avait surgi des flots ténébreux. Elle s'éleva, trouant l'ombre nocturne. La lame flamboyante frôla les nuages et vint tracer un large sillon bleuâtre à la surface de la mer. Des vaisseaux, demeurés jusqu'alors invisibles et noirs dans l'épaisse obscurité ambiante, surgirent tout d'un coup des ténèbres, dans le reflet de feu. On eût dit que c'étaient des navires engloutis depuis longtemps sous les flots à la suite d'une terrible tempête, et qui revenaient à la crête des lames, appelés des bas-fonds par l'épée ardente enfantée par la mer. Ils semblaient s'élever pour contempler à nouveau la surface de l'eau et la splendeur du ciel. Les vergues et les cordages embarrassant les mâts donnaient l'impression d'herbes marines enlaçant ces géants disparus et surgissant avec eux des flots profonds... Puis l'effrayante lame de feu s'éleva à nouveau, troua la nuit et vint se poser sur un autre point de la mer. Et là aussi, des fantômes de navires, invisibles l'instant précédent, parurent surgir de l'abîme.

La barque de Tchelkache s'immobilisa et se balança au gré de la houle. On eût dit qu'elle hésitait. Couché au fond de l'esquif, Gavrilo se cachait le visage dans les mains. Tchelkache le poussa du bout de l'aviron, grondant avec rage mais d'une voix étouffée.

— C'est le croiseur de la douane, idiot. C'est le phare électrique ! Veux-tu te lever, crétin ! Ils vont diriger la lumière sur nous! Tu nous feras découvrir, toi et moi, maudit démon.

Il cingla d'un coup plus fort de l'aviron les reins de Gavrilo qui se mit debout et, sans oser encore ouvrir les yeux, s'assit à son banc, prit les rames à tâtons et remit la barque en marche.

— Doucement ou je te crève ! Doucement ! Idiot ! que le diable t'emporte ! Sais-tu ce qui t'a terrifié ainsi ? hein ? une lanterne et une glace, un point c'est tout. Plus légèrement avec tes avirons, eh ! sacré diable ! Au moyen d'une glace qu'on incline à volonté, on illumine la mer pour y découvrir les promeneurs de notre genre. On fait la guerre à la fraude... Nous voici hors de danger ; ils sont déjà loin. Ne crains rien, frérot, nous sommes sauvés ! Désormais, nous...

Tchelkache jeta autour de lui un regard de triomphe.

— Assurément, nous sommes sauvés ! Ah ! ah !... Tu es veinard, planche pourrie !

Gavrilo ramait sans répondre ; sa respiration était oppressée ; d'un regard oblique il fixait l'horizon où l'épée flamboyante continuait à s'élever et à s'abaisser sur la mer, se refusant à croire, à part lui, qu'il n'y avait là, comme le prétendait Tchelkache, qu'une lampe à réflecteur. Le jet de lumière bleuâtre qui trouait l'ombre jetait sur les flots des éclairs d'argent ; c'était pour lui un phénomène incompréhensible et Gavrilo sentit à nouveau s'abattre sur son cerveau l'obsession d'une terreur mélancolique. Son cœur était serré comme par le pressentiment d'un drame. Son coup de rame était automatique. Lui-même se sentant épuisé, sans désir et sans âme, courbait le dos en prévision d'un choc qui allait venir d'en haut. Toute son énergie humaine s'enfuyait en déroute devant les émotions de cette nuit.

Cependant le triomphe de Tchelkache était éclatant et le succès de son entreprise aussi complet que possible. Ses nerfs accoutumés à ces aventures étaient déjà calmés. Un frisson de joie retroussait sa moustache, un éclair de satisfaction illuminait son regard. Il éprouvait un bien-être parfait, sifflotait, respirait à pleins poumons l'humidité de l'air marin, et quand ses yeux revenaient à Gavrilo, il souriait d'un sourire plein de cordialité.

Le vent qui se levait tira la mer de son sommeil. Des milliers de petites vagues commencèrent à clapoter les unes contre les autres. Les nuages qui couvraient encore tout le ciel se firent moins épais et moins opaques. Un zéphir léger courait au ras des flots, cependant que là-haut la voûte grise des nuées, toujours immobile, semblait couver une songerie mélancolique.

— Frère, allons donc ! reprends connaissance de toi-même, c'est l'heure ! On dirait, ma parole, qu'on t'a secoué l'âme pour la détacher de ta peau... Tu n'es plus qu'un sac empli d'os. Eh, bon ami ! nous tenons la bonne affaire.

Entendre une voix humaine, fût-ce celle de Tchelkache, apporta un peu de confiance à Gavrilo.

— J'entends, dit-il à voix basse.

— Ça va bien ! pâte molle, viens t'asseoir au gouvernail, je ramerai. Tu es fatigué, hein ?

Machinalement Gavrilo changea de place. Tchelkache vit qu'il fléchissait sur les jambes. Il en eut un surcroît de pitié et lui tapota l'épaule.

— Ne crains rien ! Tu auras un gain sérieux ! Je te payerai largement, petit frère. Veux-tu vingt-cinq roubles, réponds-moi ?

— Je n'ai besoin de rien, sinon de toucher terre.

Tchelkache eut un geste vague du bras ; il cracha et prit les rames qu'il lança très loin derrière lui.

La mer se réveillait. Elle donnait naissance à des lames minuscules, les parait d'une crête d'écume, les faisait se heurter entre elles et les brisait en une gerbe d'embrun. L'écume, en se dissolvant, pétillait, et l'air était empli d'un murmure doux comme une harmonie et d'un clapotement léger. L'ombre semblait reprendre vie.

— Allons, dis-moi un peu, commença Tchelkache. Tu vas rentrer dans ton village, tu te marieras, tu te mettras à labourer, à faire tes semences ; ta femme te gratifiera de nombreux enfants ; vous n'aurez pas toujours assez de pain et tu t'esquinteras toute ton existence. Dis-moi donc... cela te paraît bien réjouissant ?

— Quelle joie pourrait-il y avoir dans une telle vie, répondit Gavrilo hésitant et encore tout ému. Mais que faire ?

Le vent ayant réussi à déchiqueter par

endroits le manteau des nuages, on voyait, à travers ces déchirures, le ciel bleu où brillaient quelques étoiles qui se reflétaient dans la mer agitée, tantôt à la cime des lames, tantôt disparaissant pour luire à nouveau un instant après.

— Appuie à gauche ! commanda Tchelkache. Nous allons être arrivés. Oui ! ça y est ! voilà du bon travail. En une nuit cinq cents roubles de gagnés. Hein, qu'en dis-tu? cela en vaut-il la peine ?

— Cinq cents roubles ! répéta Gavrilo méfiant ; mais la frayeur reprit le dessus et poussant du pied les ballots qui gisaient dans le fond de la barque, il demanda :

— Qu'est-ce que c'est que cela ?

— De la soie... une denrée précieuse. Si on la vendait ce qu'elle vaut réellement, on en tirerait mille roubles. Mais je ne cherche pas à vendre cher... Ça n'est pas bête, hein, tout cela ?

— Est-ce possible ! soupira Gavrilo ! Ah, que n'en ai-je autant !

Il eut un souvenir mélancolique pour son

village, pour sa vie lamentable, pour ses soucis, pour sa mère, pour toutes ces choses éloignées et chères en vue desquelles il s'était exilé afin de trouver du travail et pour lesquelles il venait d'endurer une nuit de si affreuses souffrances. Le flot du passé inonda sa mémoire ; son village lui apparut, sur les flancs d'un coteau au pied duquel coulait une rivière derrière un rideau de bouleaux, de saules, de sorbiers et de merisiers. Cette évocation lui apporta un peu de courage et de réconfort.

— Ah Dieu ! ce serait-il beau ! gémit-il tristement.

— Oui je te vois d'ici courir en hâte vers ton train et puis... bonsoir la compagnie ! Hein ! ce que tu serais adoré des filles, au village. Tu n'aurais que l'embarras du choix ! Tu te construirais une belle isba toute neuve... mais cela ne serait peut-être pas suffisant pour une isba...

— Oh ! sûrement non ! Une isba ! le bois coûte trop cher chez nous.

— Bah, tant pis ! tu réparerais celle que tu possèdes. As-tu un cheval ?

— Un cheval ? Oui, il y en a un, mais, bon dieu, qu'il est vieux !

— En ce cas, un cheval, un fort cheval, des vaches... des moutons... des poules..., qu'en dis-tu ?

— Pourquoi me racontes-tu tout cela ? Ah ! si.. Ah ! par Dieu j'aurais bien vécu.

— Sans doute, frère, ton existence ainsi n'aurait pas été désagréable. C'est que, moi aussi, je connais un peu tout cela. Moi aussi, j'ai eu un chez-moi. Mon père était un des paysans les plus fortunés du village.

Tchelkache ramait avec nonchalance. La barque sautait sur les vagues qui caressaient ses flancs. Elle avançait à peine. La mer encore plongée dans l'ombre s'agitait davantage et balançait les deux hommes qui, les yeux perdus dans un rêve, regardaient distraitement autour d'eux. Tchelkache n'avait d'abord parlé à Gavrilo de son village que pour le rassurer un peu et le faire revenir de son émotion et, tout en discourant, un sourire sceptique errait sous sa moustache. Mais à lui donner ainsi la réplique, à évoquer le souvenir des joies rustiques dont il était lui-même privé depuis si longtemps, des joies rustiques qu'il croyait oubliées à jamais, il se prit à son propre piège et voici qu'au lieu de faire causer le paysan, il commença, presque à son insu, à traduire ses propres sentiments.

— Vois-tu, frère, la grande chose dans l'existence du paysan, c'est la liberté. Sois ton seul maître. Que la maison que tu possèdes, ne valût-elle pas cher, n'appartienne qu'à toi ! Tu as une terre ; ce n'est qu'une poignée de sol, mais du moins elle est tienne. Ta poule, tes œufs, ta pomme sont à toi ! Tu es un roi sur la terre... Autre chose encore : sois ordonné ! Levé dès l'aube, mets-toi à l'ouvrage. Le printemps te convie à un travail, l'été nécessite une autre besogne, l'automne, l'hiver, d'autres encore. Où que tu aies couru dans la journée, ta maison t'offre asile ! Tu y trouves le bien-être et le repos. Dis-moi, n'es-tu pas un roi ?

Ainsi, Tchelkache énumérait, plein de lyrisme, les joies et les avantages du paysan, oubliant toutefois de faire mention de ses devoirs. Gavrilo l'écoutait, étonné et non moins enthousiaste. Il avait suffi de cette conversation pour qu'il perdit le souvenir de ce qu'était son interlocuteur. Il ne voyait plus en lui qu'un paysan comme lui-même, un paysan attaché à la glèbe par les travaux qu'elle réclame, par l'atavisme de plusieurs générations, par des réminiscences de jeunesse, un paysan qui, ayant volontairement quitté la terre et fui les soucis qu'elle donne, regrettait maintenant son équipée et en subissait le châtiment.

— Oui, frère, c'est vrai ! Ah ! comme tu dis vrai ! Prends-toi pour exemple. Tu as déserté la terre : qu'es-tu à cette heure ? Frère, la terre est semblable à une mère : on ne saurait l'oublier longtemps.

Du coup, Tchelkache se retrouva tout entier. Il sentit à la poitrine cette morsure irritante que produisait chez lui chaque atteinte à son amour-propre d'aventurier sans souci et sans scrupule ; et l'offense lui parut d'autant plus froissante qu'il tenait l'offenseur pour sans valeur.

— Le voilà qui divague, trancha-t-il brutalement. Penses-tu que je parle sincèrement ? Je vaux plus cher que cela, crois-moi !

La timidité de Gavrilo reparut :

— Mais quel type tu fais ! reprit-il en hésitant, ce n'est pas de toi que je parle, bien sûr ! Il y en a tellement dans ton cas ! Hélas, qu'il y en a sur terre des malheureux, des va-nu-pieds !

— Reprends les rames, eh veau marin ! ordonna Tchelkache d'une voix incisive. Il se contint pour ne pas proférer les imprécations qui lui montaient à la gorge.

Ils changèrent à nouveau de place. Tchelkache enjamba les ballots pour venir s'asseoir au gouvernail. Il eut une envie folle d'allonger à Gavrilo une poussée solide qui le fît basculer par-dessus bord et, en même temps, il n'eut pas le courage de le regarder en face.

Les deux hommes ne se parlaient plus... mais dans ce silence même, Tchelkache trouvait comme un parfum du village. Il évoquait le passé et ne songeait plus à diriger la barque qui, sous la pression des lames, avait viré de bord et voguait maintenant sur la pleine mer. On eût dit que les vagues, comprenant que ce bateau s'en allait au hasard, s'amusaient à le faire sauter légèrement, tout en s'illuminant d'éclairs bleus au contact des rames. Devant les yeux de Tchelkache, c'était le défilé rapide de toutes les images d'autrefois, d'un autrefois déjà vieux et dont le séparaient, ainsi qu'un mur, onze années de vie irrégulière. Il se revit petit enfant, il revit le hameau natal, et sa mère, grasse paysanne aux joues rouges, aux yeux gris pleins de bonté, et son père, un colosse à la barbe fauve, à la mine grave. Il se revit fiancé, il évoqua le souvenir de sa femme, Amphissa, ses yeux noirs, ses longs cheveux, sa femme si grassouillette, si fraîche, si gaie... Puis le voici, fier soldat de la garde. A nouveau, il se souvint de son père, aux tempes grisonnantes, voûté par la fatigue, de sa mère toute ridée, cassée en deux et qui marchait en regardant la terre. Ah ! cette fête au village quand il revint du service ! Le père était-il assez orgueilleux de son Grichka aux moustaches de chat, soldat robuste, coqueluche de toutes les femmes du hameau... Le souvenir, ce tortionnaire des malheureux, rend la vie aux choses inertes elles-mêmes et mêle des gouttes de miel au poison jadis absorbé afin que l'homme qui se souvient n'ait plus que la mémoire de ses fautes et cessant de nourrir toute espérance en l'avenir, se désole dans l'amour exclusif et stérile du passé...

Tchelkache se sentait apaisé comme par un souffle pur de l'atmosphère qui l'avait vu naître, un souffle qui lui redisait les tendressses maternelles, les sages conseils du père, ce villageois rigide, un souffle qui lui remettait en mémoire des bruits oubliés, tous les parfums exquis de la terre quand la neige fond au printemps, les saines odeurs qui s'exhalent des sillons fraîchement labourés ou des champs que le blé vert couvre d'un tapis soyeux, couleur d'émeraude. Et soudain, il se sentit dévoyé, déchu, lamentable et seul, sans famille et banni à jamais du milieu auquel il devait le sang qui coulait dans ses veines.

— Hé là ! Où allons-nous donc ? interrogea Gavrilo.

Tchelkache sursauta et se retourna avec le regard d'un fauve traqué.

— Diable ! Bah, ce ne sera rien ! Rame plus dur ! Nous arrivons.

— Tu rêvais ? demanda Gavrilo en souriant. Tchelkache fixa sur lui des yeux scrutateurs. Le paysan avait reconquis tout son calme ; il était sans inquiétude, joyeux et presque fier. Il était jeune et avait toute la vie devant lui. Mauvais indice ! Peut-être toutefois la terre pourrait-elle le garder de lui-même ? A cette idée, Tchelkache sentit redoubler sa tristesse et répondit avec humeur à Gavrilo :

— Je suis las ! et ça saute beaucoup !

— Ça saute, c'est certain. Alors, maintenant, nous ne risquons plus de nous faire pincer avec ceci ?

Et il donna du pied dans les ballots.

— Non ! sois sans crainte. Je vais le livrer sur-le-champ et toucher l'argent.

— Cinq cents roubles ?

— Sans doute, au moins.

— C'est une fortune ! Pauvre diable que je suis, si je l'avais ! J'en chanterais une chanson !

— A ton village ?

— Pour sûr, et sans tarder.

Gavrilo laissa libre cours à ses rêves. Tchelkache était visiblement abattu. Ses moustaches étaient défrisées. Il avait le côté droit tout trempé par les embruns des lames. Ses yeux étaient enfoncés sous l'orbite et sans éclat. Il paraissait lamentable et alourdi. Rien ne subsistait en lui de l'oiseau de proie : il n'était plus qu'un pauvre homme à la blouse souillée, perdu dans une rêverie découragée.

— Je suis bien las, éreinté, dit-il.

Il reprit :

— Nous y sommes. Voilà !

D'un mouvement brusque, il fit virer la barque et la dirigea vers une masse noire qui émergeait de l'eau. Le ciel était toujours uniformément nuageux et la pluie se mit à tomber, fine et serrée, crépitant avec un bruit clair sur la crête des lames.

— Arrête ! doucement, commanda Tchelkache.

L'avant de la barque vint en contact avec les flancs d'un navire. A l'aide d'une gaffe, le vagabond s'empara des cordages qui pendaient par-dessus bord.

— Dorment-ils bien, ces diables-là ! gronda Tchelkache. L'échelle n'est pas abaissée. Et par surcroît, voici la pluie... Comme s'il n'aurait pas pu pleuvoir plus tôt. Ohé ! tas de mollusques ! ohé !

— C'est toi, Tchelkache ? demanda d'en haut une voix, dans un murmure à peine perceptible.

— Allons, envoie l'échelle !

— Bonjour, Tchelkache !

— Envoie l'échelle, diable enfumé ! grogna Tchelkache.

— Oh mais ! il est de mauvaise humeur aujourd'hui. Eho !

— Monte, Gavrilo ! commanda Tchelkache.

Une minute plus tard, ils étaient sur le pont. Trois étranges individus à longue barbe y discutaient dans un dialecte extraordinaire et rugueux. Ils se penchèrent par-dessus les bastingages pour voir la barque de Tchelkache. Un quatrième personnage, drapé dans une robe traînante, vint vers celui-ci, lui serra la main sans mot dire et jeta un regard méfiant dans la direction de Gavrilo.

— Tiens l'argent à ma disposition jusqu'à demain matin, dit Tchelkache d'une voix brève. Pour l'instant, je veux dormir. Viens, Gavrilo ! Est-ce que tu as faim ?

— Non, répondit Gavrilo, mais j'ai sommeil.

Cinq minutes ne s'étaient pas écoulées qu'il ronflait, étendu sur le pont mal lavé du bateau. A ses côtés, Tchelkache, assis par terre, essayait une botte qu'il avait trouvée traînant à l'aventure. Partagé entre la colère et la tristesse, il sifflotait et crachait... Enfin, il s'allongea sur le pont, côte à côte avec Gavrilo, en négligeant d'ôter la botte de son pied ; il croisa les mains sous sa nuque et s'absorba dans un examen minutieux du pont, tout en remuant ses lèvres moustachues.

Le navire se balançait au gré de la houle légère ; un grincement de bois se faisait entendre tristement, venant on ne savait d'où ; les gouttes de pluie tombaient avec un bruit mat sur le pont ; les vagues déferlaient contre les flancs du bateau. Une mélancolie générale flottait dans l'air avec une plainte qui semblait une berceuse chantée par une mère qui désespérerait du bonheur de son enfant.

Tchelkache, la bouche entr'ouverte, leva la tête, jeta un dernier regard autour de lui, puis ayant murmuré quelques mots, s'étendit à nouveau. Ainsi couché, les jambes écartées, il ressemblait à une paire de ciseaux gigantesques.

IV

Réveillé le premier, il eut un sursaut d'inquiétude vite apaisé. Il contempla Gavrilo qui continuait à dormir. Le paysan ronflait. Un sourire illuminait sa figure hâlée d'enfant de la campagne. Tchelkache soupira, puis se hissa le long d'une échelle de corde. Par le panneau entr'ouvert, on apercevait un coin du ciel gris. Le jour était venu, mais il faisait un temps d'automne triste et morne.

Tchelkache resta absent deux heures. Quand il revint, il avait la face colorée et la moustache fièrement retroussée. Il souriait d'un sourire joyeux et plein de bonhomie. Il portait une paire de bottes hautes et solides, une jaquette et une culotte de cuir. Ainsi vêtu, il avait l'aspect d'un chasseur. Son costume était un peu fatigué, mais encore en bon état ; il dissimulait la maigreur de son propriétaire et lui donnait une silhouette fort crâne.

— Holà ! jeune veau ! debout, cria-t-il en poussant du pied Gavrilo.

Celui-ci se réveilla en sursaut. Il ne reconnut pas d'abord son maître et le contempla d'un air ahuri, qui fit rire Tchelkache.

— Comme te voilà bien nippé ! s'écria enfin le paysan en souriant largement. On dirait un grand seigneur.

— Ça ne traîne pas avec moi ! Ah, poltron ! dis-moi : combien de fois, cette nuit, as-tu cru ta dernière heure arrivée ?

— C'est que, vois-tu, c'est la première fois que je prenais part à une aventure de ce genre ! On peut y perdre son âme à jamais !

— Recommencerais-tu une autre fois ?

— Recommencer ? Il faudrait savoir quel serait mon bénéfice ? Tout est là...

— Deux cents roubles.

— Deux cents ? Oui, pour les deux cents j'irais.

— Eh bien... et ton âme ?

— Bah ! répondit Gavrilo en souriant, je ne la perdrais peut-être pas. Et cela me permettrait d'être vraiment un homme pour le restant de ma vie.

Tchelkache se mit à rire.

— Ça va bien ! Trêve de plaisanterie ! Nous allons revenir à la plage. Prépare-toi.

— Mais je suis tout prêt...

Ils redescendirent dans la barque ; Tchelkache prit le gouvernail et Gavrilo les rames.

Les nuages gris couvraient tout le ciel ; la mer, glauque et trouble, jouait avec leur esquif. Il rebondissait à la crête des petites vagues qui les arrosaient de gouttes d'embrun salé. A l'horizon lointain, vers lequel était orienté l'avant de la barque, apparaissait la plage, traçant une ligne jaune et sablonneuse. Derrière eux, s'étendait toute la mer agitée où les vagues en troupeaux se pressaient, couronnées d'écume. A droite, des vaisseaux se balançaient au gré des flots, et à gauche, à travers la forêt des mâts, on apercevait la masse blanche des maisons de la ville. De là venait une clameur confuse qui semblait apportée par les vagues et qui se mêlait à l'harmonie grandiose et puissante de la mer. Sur tout cela, flottait un brouillard léger comme un voile qui semblait isoler et emprisonner chaque objet.

— Oh ! ça va danser fortement ce soir ! dit Tchelkache en désignant le large d'un mouvement de tête.

— Une tempête ? interrogea Gavrilo, tout en ramant vigoureusement. Les embruns poussés par le vent le trempaient de la tête aux pieds.

— Oui-da ! affirma Tchelkache.

Cependant, Gavrilo l'examinait avec intérêt, et voyant qu'il ne se décidait pas à parler, il lui demanda enfin :

— Combien t'a-t-on donné ?

— Regarde, répondit l'autre, et il présenta à Gavrilo quelque chose qu'il sortit de sa poche. Le gars aperçut des billets de diverses couleurs et crut avoir devant les yeux un véritable arc-en-ciel.

— Ah ! je croyais bien que tu te vantais ! Combien ?

— Cinq cent quarante. Est-ce bien mené ?

— Certainement, murmura Gavrilo. Il suivit d'un regard envieux les cinq cent quarante roubles que Tchelkache remettait dans sa poche ; puis il ajouta avec un soupir navré :

— Ah ! si c'était à moi !

— Nous allons faire la noce, petit frère, s'exclama Grichka enthousiaste. Ne te fais pas de bile, je te paierai. Je te donnerai quarante roubles. Dis-moi, es-tu content ? Veux-tu ton argent tout de suite ?

— Ma foi, si tu n'y vois pas d'inconvénient... je veux bien.

Il tremblait d'anxiété ; un désir ardent le mordait au cœur.

— Ah ! ah ! pantin du diable ! tu veux bien ? Tu consens ! Tiens, frère, je t'en prie, je t'en conjure, accepte ! Je ne sais pas, vraiment, où mettre tout cet argent, débarrasse-moi, tiens !

Tchelkache tendit à Gavrilo quelques billets de dix roubles. Le paysan s'en empara d'une main que l'émotion faisait trembler, il posa les rames et enfouit son trésor sous sa blouse. Il clignait des yeux et respirait bruyamment comme s'il buvait quelque chose de chaud. Tchelkache, ironique, le toisait du regard. L'autre reprit les avirons, il les maniait nerveusement et par saccades, les yeux baissés, comme pris de peur. Un frémissement agitait ses oreilles et ses épaules.

— Bon Dieu ! que tu es cupide ! ah ! que c'est vil ! Cela n'est pas étonnant, d'ailleurs, chez un paysan.

— Ah ! quel pouvoir nous donne l'argent ! s'écria Gavrilo, subitement enthousiaste et vibrant de passion. Il se mit à monologuer, en paroles hachées, rapides, suivant son idée fixe, et discourant sans suite sur la différence de la vie du paysan pauvre ou fortuné. Il exaltait la notoriété, l'aisance, la liberté, la joie...

Tchelkache lui prêtait une attention soutenue, l'air grave, et les yeux emplis de pensées secrètes. Par instant, un sourire heureux passait sur ses lèvres.

— Nous sommes arrivés, dit-il soudain.

Une vague souleva la barque et la lança sur le sable, à souhait.

— Fini, terminé, tout à fait fini ! Il ne reste plus qu'à tirer le bateau plus haut pour que la mer ne l'emporte pas. On viendra le chercher ! Maintenant, frère, adieu ! La ville est à huit verstes ! Car tu retournes à la ville, n'est-ce pas ?

Et Tchelkache continuait à sourire d'un air narquois et bienveillant. On sentait qu'il méditait un acte agréable pour lui et auquel ne s'attendait pas Gavrilo. La main dans sa poche, il y froissait avec bruit le papier soyeux des billets de banque.

— Non ! je ne veux pas y aller.. je veux...

On eût dit que Gavrilo étranglait ou étouffait. Un ouragan de désirs, de paroles et de sensations s'agitait en lui, entrechoquant leurs impressions. Une fièvre ardente le brûlait.

Tchelkache le considérait stupéfait :

— Qu'est-ce qui te prend ? dit-il.

— Rien, ce n'est rien.

Mais des alternatives de rougeur et de pâleur se manifestaient sur son visage. Il piétinait la terre et trépignait, comme tenaillé par l'envie de se jeter sur Tchelkache ou comme torturé par un désir irréalisable.

Sa nervosité suscita un malaise chez Tchelkache qui se demandait de quelle manière allait se terminer cette crise. Gavrilo se mit à rire étrangement, d'un rire qui ressemblait à un sanglot. Il baissait la tête, si bien que Grichka ne pouvait voir son visage et n'apercevait que ses oreilles qui rougissaient et pâlissaient tour à tour.

— Ah que le diable t'emporte ! s'écria Tchelkache, avec un geste de la main. Es-tu amoureux de moi à cette heure ? Hein !... Il fait des grimaces comme une fille. Tu es si désolé de te séparer de moi ? Eh, jeune drôle, parle, ou bien je m'en vais.

— Tu t'en vas ? hurla Gavrilo avec un cri strident. La plage, désert de sable, et les dunes amoncelées par les flots parurent frémir à ce cri. Tchelkache lui-même frissonna. Soudain, Gavrilo bondit, il se précipita aux pieds de Tchelkache, lui enlaça les jambes de ses deux bras et l'attira si violemment à lui, que l'autre perdant l'équilibre, s'abattit lourdement dans le sable. Grinçant des dents, il fit tournoyer dans l'air son poing fermé, mais avant même qu'il eût frappé, il laissa retomber son bras, devant le regard contrit et suppliant de Gavrilo.

— Ami ! dit celui-ci, fais-moi cadeau de cet argent. Au nom du Christ, fais-m'en cadeau. Qu'en feras-tu ? C'est le produit d'une nuit... d'une seule nuit.. Pour le gagner il me faudrait des années... Donne-le moi... Pour toi, pour le salut de ton âme... je ferai dire des prières dans trois églises... Tu vas le dissiper ; moi je l'enfouirai dans la terre... Ah, fais-moi cadeau de cet argent dont tu ne feras rien... Tu n'y tiens pas tant que cela ?... Toi, qu'une autre nuit peut faire riche... Pour une fois, fais une bonne action... Tu es un homme perdu, toi ; jamais tu ne rentreras dans le bon chemin, tandis que moi... Ah, donne-moi cet argent...

Stupéfait, inquiet et furieux, Tchelkache, renversé en arrière, assis sur le sable et s'y arc-boutant des deux mains, Tchelkache gardait le silence, et, les yeux démesurément ouverts, contemplait le jeune paysan qui se tordait à ses pieds, lui appuyait la tête sur ses genoux, et répétait d'une voix entrecoupée ses supplications. Enfin, il le repoussa, se mit debout d'un bond, et, sortant de sa poche les billets bariolés, il les jeta à Gavrilo.

— Tiens, chien, avale ! s'écria-t-il. Il tremblait de colère, de haine et de pitié méprisante devant cette cupidité servile. Quand il lui eut jeté l'argent, il se sentit l'âme d'un héros. Un éclair d'audace brilla dans ses yeux.

— J'avais moi-même l'intention de te rémunérer plus largement. Depuis hier j'avais pitié de toi... Je songeais au village et je m'étais dit : « Je viendrai en aide à ce rustre. » Je n'attendais que pour voir ce que tu allais faire, si tu oserais ou non me demander quelque chose. Ah ! mendiant, quelle loque tu es ! Est-il possible de s'abaisser ainsi pour de l'argent... de se tourmenter de la sorte ? Tu es de la race de ces crétins, de ces avares diaboliques qui n'ont point de dignité... et qui se vendraient pour cinq kopecks ?

— Ah ! ami... que Dieu te soit en aide ! Je suis riche maintenant, je possède ! Quoi? des milliers ! Je suis un homme fortuné aujourd'hui, répétait Gavrilo tout vibrant d'enthousiasme en cachant les billets sous sa blouse. Ah ! cher ami ! Jamais je ne t'oublierai, jamais ! Et je ferai prier ma femme et mes enfants pour ton salut.

Tchelkache écoutait ce débordement d'allégresse et contemplait cette face transformée par la fureur de l'avarice satisfaite... Il se réjouissait à l'idée que lui, le forban, le vagabond, le banni, ne s'abaisserait jamais à un tel avilissement, à cet égarement, à cette rapacité. Il en appréciait mieux la conscience de sa libre audace et le plaisir de cette constatation lui faisait prolonger son entretien avec Gavrilo sur cette plage déserte.

— Tu as assuré mon bonheur, clamait le paysan en pressant contre ses lèvres la main de Tchelkache. Celui-ci, toujours silencieux, souriait en montrant ses dents de loup.

Et Gavrilo, en veine d'épanchement, continuait :

— Si je te disais quelle idée m'a traversé l'esprit tout à l'heure. Nous voguions vers la côte. Tu m'as montré l'argent. Alors je me suis dit : « Si je lui envoyais »... à toi... « un bon coup de rame ! Le trésor serait à moi ; le cadavre, je le jetterais à la mer »... le cadavre, c'était toi, tu comprends ?... « qui donc s'inquiéterait de ne plus le voir ? »... Si l'on t'avait repêché, on n'eût pas fait d'enquête, ni cherché qui t'avait tué, et pourquoi ! es-tu un homme pour lequel on susciterait un scandale ? Non, tu ne sers à rien sur la terre ! Personne ne prendrait ton parti, n'est-ce pas vrai, hein ?

— Crache l'argent ! hurla Tchelkache en étreignant Gavrilo à la gorge.

Celui-ci se débattit une ou deux fois, mais de son autre bras, Tchelkache l'enlaça comme un serpent de fer... Il y eut un bruit de vêtements déchirés et Gavrilo se retrouva à terre, les yeux fous, battant l'air de ses deux mains et ruant dans le vide. Debout devant lui, Tchelkache, très droit, nerveux comme un faune, découvrait les dents en un rictus terrible et riait d'un rire amer, furieux, qui faisait frémir sa moustache en travers de son visage d'oiseau de proie. Dans toute son existence il n'avait point connu un choc au cœur si douloureux, et jamais il n'avait ressenti semblable colère.

— Eh bien, tu es heureux maintenant ? demanda-t-il à Gavrilo, sans cesser de rire, puis il lui tourna le dos et s'en alla vers la ville. Mais il avait à peine fait deux pas que Gavrilo, rampant derrière lui comme un chat, un genou en terre, ramassa un galet arrondi et avec un large mouvement du bras, le lança, en criant plein de rage :

— Ha-han !

Tchelkache poussa un cri de douleur, porta la main à sa nuque, faillit tomber en avant, se retourna face à Gavrilo et s'affaissa comme une masse, le visage dans le sable. Il remua la jambe, fit un effort pour soulever la tête et se raidit avec un gémissement comparable à celui d'une corde tendue.

Alors Gavrilo s'enfuit au loin, courant vers un nuage déchiqueté qui projetait, là-bas, son ombre sur la steppe noyée dans le brouillard. Les vagues déferlaient sur le sable, se retiraient en l'entraînant, puis revenaient à nouveau.

La pluie se mit à tomber, d'abord lente, puis bientôt serrée et compacte comme des filets d'eau descendant du ciel. Ils formaient en s'entre-croisant un rideau qui déroba l'horizon de la mer. Longtemps on ne vit que la pluie ruisselant sur ce grand corps inerte sur le sable, près des flots. Mais soudain, émergeant du brouillard, reparut Gavrilo, courant à toutes jambes : il semblait voler comme un oiseau.

Il s'approcha de Tchelkache, mit un genou en terre à son côté et entreprit de le retourner sur le sable. Sa main se mouilla de quelque chose de gluant, de chaud et de rouge. Il eut un frisson et recula, livide, affolé.

— Frère, relève-toi, murmurait-il à l'oreille de Tchelkache, dans le crépitement de la pluie.

L'autre reprit connaissance et repoussa Gavrilo d'une voix sourde :

— Va-t'en.

— Pardonne-moi, frère ! c'est le démon qui m'a tenté, balbutiait Gavrilo, tout tremblant et baisant la main de sa victime.

— Va-t'en, va-t'en !

— Pardonne-moi mon crime ! Ami... Pardonne-moi !

Tchelkache fit un effort et s'assit sur le sable. Sa pâleur lui faisait un visage terrible ; il fermait les yeux comme s'il avait encore très sommeil :

— Va-t'en, va-t'en au diable ! gronda-t-il. Que me veux-tu maintenant ? Tu as fait ton coup ! Va-t'en, file !

Il tenta vainement de repousser du pied Gavrilo, désespéré et anéanti, mais il faillit tomber et le jeune paysan dut le soutenir par les épaules. Les visages des deux hommes se rapprochèrent dans ce mouvement. Ils étaient l'un et l'autre livides, lamentables et effrayants.

— Pouah !

Tchelkache cracha droit dans les yeux

ouverts de son second de la nuit. Sans protester, humblement, l'autre s'essuya au revers de sa manche et sanglota.

— Fais ce que tu voudras... Je ne dirai pas un mot. Mais pardonne-moi, au nom du Christ.

— Idiot, qui n'es même pas capable de voler ! cria Tchelkache méprisant.

Sous sa veste, il déchira sa chemise et, sans rien ajouter, se contentant de grincer des dents, il commença à bander sa tête.

— Tu as pris l'argent? demanda-t-il enfin.

— Non, frère, je n'y ai pas touché, je n'en veux plus. Il porte malheur !

De la poche de sa veste, Tchelkache retira la liasse de billets de banque ; il en détacha un qu'il conserva et jeta le reste devant Gavrilo.

— Ramasse et tire-toi d'ici !

— Je ne puis y toucher, je ne puis ! Pardonne-moi.

— Ramasse, te dis-je ! hurla Tchelkache en roulant des yeux terribles.

— Pardonne-moi d'abord... Je le prendrai ensuite, murmura Gavrilo hésitant. Il se laissa tomber aux pieds de Tchelkache, sur le sable mouillé où la pluie crépitait.

— Tu mens, imbécile ! tu vas le prendre à l'instant ! affirma Tchelkache avec autorité. Il le saisit par les cheveux, lui releva la tête avec peine et lui plaqua les billets contre la figure.

— Prends, prends ! Tu n'as pas travaillé pour rien, sans doute ! Ne rougis pas d'avoir tenté d'assassiner un homme ! Est-ce que l'on se préoccupe des gens comme moi ? On te félicitera plutôt quand on saura ton courage ! Prends, tiens ! Nul ne connaîtra ton haut fait. Il mérite pourtant une rémunération ! La voilà.

Gavrilo, se méprenant au rire de Tchelkache, en éprouva comme un soulagement. Il ferma sa main sur l'argent.

— Me pardonnes-tu, frère ? Dis-moi, petit frère, tu ne veux pas ? supplia-t-il en larmoyant.

— Petit frère ! dit Tchelkache en le contrefaisant.

Il se mit debout; il chancelait.

— Pourquoi te pardonner ? reprit-il. Il

n'y a pas de quoi demander pardon, c'est toi aujourd'hui, demain ce sera moi...

— Ah frère, frère ! répétait Gavrilo d'un air désolé en secouant la tête.

Tchelkache s'était redressé. Il avait un étrange sourire. Le linge qui entourait sa tête se teignait peu à peu de rouge et ressemblait à un turban turc.

Il tombait une pluie torrentielle. Une plainte sourde montait de la mer dont les vagues devenues furieuses déferlaient maintenant avec violence sur la plage. Le silence se fit entre les deux hommes.

— Adieu, dit Tchelkache, ironique et froid.

Il titubait sur ses jambes chancelantes et tenait sa tête dans la main comme s'il eût eu peur de la voir tomber.

— Frère, pardonne-moi, supplia Gavrilo une fois encore.

— Il n'y a pas de quoi, repartit durement Tchelkache, et il s'en fut, soutenant toujours sa tête de sa main gauche tandis que de la droite, il frisait doucement sa moustache.

Gavrilo demeura là, immobile, jusqu'à ce que son maître d'une nuit eût disparu, dans la pluie qui continuait à descendre des nuages, en un réseau serré, inextricable, noyant la steppe dans un brouillard épais, aux reflets gris comme l'acier.

Alors Gavrilo retira sa casquette ruisselante d'eau ; il se signa, considéra l'argent qu'il tenait serré dans sa main, et poussa un profond soupir de liberté ; après quoi, il fit disparaître sa fortune sous sa blouse et s'en alla rapidement à longues enjambées et d'un pas ferme dans la direction opposée à celle que Tchelkache avait prise pour partir.

La mer grondait et lançait à l'assaut de la plage sablonneuse de larges lames massives qui s'écrasaient en nappes d'écume et en embruns. La pluie cinglait la mer et la terre sans relâche ; le vent poussait sa clameur. Toute la nature exhalait un concert de plaintes, de cris et de hurlements assourdis. Les nuées désagrégées enveloppaient les flots et le firmament.

L'eau du ciel et l'eau de la mer eurent tôt fait de laver la tache rouge qui révélait l'endroit où Tchelkache était tombé ; elles effacèrent la trace de ses pas et de ceux de Gavrilo marqués dans le sable de la plage, et rien sur la grève déserte ne garda le souvenir du drame intime qui venait de s'y jouer entre deux hommes.

MON COMPAGNON

I

C'est dans le port d'Odessa que je fis sa rencontre... Trois jours durant, il sollicita mon attention par sa silhouette trapue et forte, par son visage caucasien qu'encadrait une barbe élégante. Il était devenu pour moi une obsession ; pendant des heures entières, je le voyais, sur les quais de granit, arrêté, suçant la poignée de sa canne, et contemplant mélancoliquement, de ses yeux fendus en amandes, l'eau souillée du port. Dix fois dans la journée, il me croisait, déambulait de l'allure insouciante d'un promeneur. Qui était-ce ? J'entrepris de l'espionner. Lui, comme s'il se fût fait un jeu de me railler, multipliait ses apparitions. Bientôt je le reconnus de loin, à son complet à la mode, à carreaux clairs, à son chapeau mou d'artiste, à sa démarche nonchalante et même à l'expression lasse et vague de son regard. Il était tout à fait dépaysé, semblait-il, dans ce port, parmi le sifflement des navires et des locomotives, le grincement des chaînes, les appels des ouvriers, parmi tout ce mouvement furieusement fiévreux qui vous étreint de tous côtés, et qui épuise l'esprit et les nerfs. Dans ce port, tous les hommes étaient les esclaves des formidables machines nécessitant d'eux une attention et un labeur incessant; tous grouillaient autour des navires et des wagons, les emplissant ou les vidant ; tous harassés, préoccupés, couraient, vociféraient au milieu de la poussière ; tous étaient en sueur... Lui, au milieu du travail fébrile, errait tranquillement, promenant son ennui mortel avec une expression étrange de totale indifférence...

Enfin, au bout de quatre jours, à l'heure du repas, je tombai sur lui, résolu à savoir coûte que coûte qui il était. Je m'installai tout près de lui, avec une pastèque et du pain, et je commençai mon repas tout en regardant mon bonhomme, cherchant le procédé le plus délicat de lier conversation avec lui.

Il se tenait debout, adossé à des caisses de thé ; il promenait autour de lui des regards discrets et semblait jouer de la flûte sur sa canne.

Ce n'était pas chose facile pour le vagabond que j'étais, tout souillé de poussière de charbon et portant sur le dos un crochet de débardeur, d'amorcer un entretien avec ce gommeux. Mais, à ma profonde stupeur, je constatai qu'il tenait les yeux obstinément fixés sur moi et que dans son regard brillait une avidité mauvaise et bestiale. J'en conclus que celui que j'étudiais était affamé; j'inspectai rapidement du regard tous les environs et lui demandai doucement :

— Voulez-vous manger ?

Il eut un tressaillement ; il grimaça avec un air avide, découvrant ainsi des dents longues et serrées qui me parurent être au moins une centaine, puis à son tour promena un regard méfiant autour de lui. Personne ne nous prêtait la moindre attention.

Aussitôt je lui refilai la moitié de ma

pastèque et une tranche de pain de froment. Il s'empara du tout et s'éclipsa ; il s'assit sur des caisses de marchandises. De temps en temps il relevait la tête ; il avait rejeté son chapeau en arrière, et montrait un front brun et mouillé de sueur. Sa face s'illuminait d'un large sourire, et il clignait des yeux dans ma direction, sans cesser pour cela un instant de mastiquer. D'un geste, je lui fis comprendre de m'attendre et je m'en fus acheter de la viande : je la rapportai et la lui donnai. Je me plaçai à côté des caisses de telle sorte que je cachais complètement mon infortuné gommeux à tous les regards indiscrets. Jusqu'à ce moment-là il avait dévoré avec l'air inquiet d'un fauve qui redoute qu'on lui enlève son morceau. Dès lors, il mangea plus tranquillement, mais néanmoins si vite et si gloutonnement que la vue de cet affamé me devint chose odieuse. Je me détournai de lui.

— Merci, merci bien !

Il me tapa sur l'épaule, puis me prit la main et, l'étreignant, la secoua douloureusement.

Il ne fallut pas cinq minutes pour qu'il commençât déjà à me raconter son histoire.

Le prince géorgien Charko Ptadze était l'unique fils d'un riche propriétaire de Koutaïs ; il était employé à une gare du Transcaucasien et habitait avec un compagnon. Celui-ci s'enfuit brusquement en emportant l'argent et les valeurs du prince Charko qui se mit à sa recherche. Le hasard lui ayant fait savoir que son compagnon avait pris un billet pour Batoum, le prince Charko y accourut. Mais il advint que de Batoum, le compagnon était déjà parti pour Odessa. Le prince Charko prit alors le passeport d'un autre camarade, coiffeur de son état, du nom de Vano Svanidzé, ayant le même âge que lui, mais dont le signalement différait, puis il partit pour Odessa. Là il fit à la police la déclaration du vol dont il avait été victime. On lui promit de retrouver le coupable. Depuis deux semaines, il attendait, ne possédait plus un sou vaillant et n'avait pas mangé depuis quatre jours.

J'écoutai son récit qui me sembla sincère et qu'il coupait de jurons. J'observai ce jeune homme, j'eus confiance en lui et il me fit pitié. C'était presque encore un enfant ; il avait dix-neuf ans et sa naïveté le faisait paraître encore plus jeune. Il revenait continuellement en causant sur son ancienne affection pour le compagnon infidèle qui lui avait volé des biens si précieux. Son indignation était profonde. Le père de Charko, un homme terrible, ne manquerait pas d'égorger son fils s'il ne rentrait pas en possession des objets perdus.

Je me dis que ce jeune homme allait être perdu dans la ville si personne ne lui prêtait assistance. Je n'ignorais pas quelles contingences minimes enrichissent la horde des va-nu-pieds et je prévoyais que le prince Charko avait toutes les chances du monde d'être enrôlé dans leur légion estimable, mais non estimée.

L'idée me vint de le secourir. Je ne pouvais sur mon salaire lui procurer un billet jusqu'à Batoum. Je courus dans plusieurs bureaux pour solliciter en sa faveur un billet gratuit. Je mis toute mon énergie à démontrer l'opportunité d'un secours, on me refusa avec non moins d'énergie. J'offris alors à Charko de l'accompagner jusque chez le chef de la police pour qu'il demandât un billet ; mais il parut troublé et déclara qu'il n'irait pas. Pour quelles raisons ? Il avait négligé de payer le propriétaire de l'hôtel meublé où il logeait et à une réclamation d'argent il avait cogné sur quelqu'un, puis s'était esquivé ; il estimait assez justement que la police ne le féliciterait pas de s'être ainsi dérobé au paiement de sa dette, et d'avoir ensuite distribué des horions, d'autant plus qu'il ne se rappelait pas au juste s'il avait frappé une seule fois ou deux, ou trois, ou quatre.

La situation devenait plus compliquée. Je décidai de travailler jusqu'à ce que j'aie amassé la somme nécessaire pour le voyage à Batoum ; hélas, très évidemment cela ne pouvait être fait de sitôt, peut-être même jamais, car pour se dédommager de son jeûne prolongé, ce Charko dévorait comme trois hommes, voire davantage.

A ce moment l'affluence des crève-la-faim dans les ports avait amené une baisse dans le salaire de la journée et sur les quatre-vingts kopecks de ma paye, nous en mangions à nous deux soixante.

D'autre part, avant d'avoir fait la connaissance du prince, j'avais résolu de descendre en Crimée et je tenais à ne pas séjourner éternellement à Odessa. Je fis donc au prince Charko la proposition de s'en venir à pied avec moi dans les conditions suivantes : si je ne trouvais pas quelqu'un pour l'accompagner jusqu'à Tiflis, je l'y conduirais moi-même ; si je lui trouvais un guide nous nous séparerions.

Le prince considéra ses bottines fines, son chapeau, son pantalon, passa la main sur sa jaquette, resta songeur, poussa plusieurs soupirs et finalement accepta.

Ce fut ainsi que nous fîmes à pied le trajet d'Odessa à Tiflis.

II

A notre arrivée à Kherson, je m'étais fait une opinion décisive sur mon compagnon de route. C'était un individu naïf et inculte sans aucun développement intellectuel, heureux quand il était repu, déprimé lorsqu'il avait faim ; quelque chose comme un animal vigoureux et sans méchanceté.

Durant le parcours, il me parlait du Caucase, du genre de vie des propriétaires géorgiens, de leurs distractions et de leurs relations avec les paysans. Ses récits présentaient de l'intérêt et n'étaient pas dépourvus de quelque grandeur ; mais la personnalité de mon compagnon s'y manifestait sous un jour peu avantageux pour lui.

Voici un exemple de ses histoires.

Un prince riche offrait une fête à des amis, on but du vin, on se gorgea jusqu'à satiété des plats favoris des Géorgiens, puis le prince emmena ses hôtes aux écuries. Des chevaux furent sellés, le prince enfourcha le meilleur et se mit à galoper dans la plaine. Son cheval était puissant. Les invités s'extasiaient sur la beauté de l'animal et sur sa vitesse. Le prince repart à nouveau ; soudain apparaît dans la vallée un paysan monté sur un cheval blanc qui dépasse le prince ; le paysan se met à rire orgueilleusement. Humilié devant ses invités, le prince eut un terrible froncement de sourcils ; d'un geste il fit signe au paysan de s'approcher, et, lorsque celui-ci fut devant lui, il lui fit sauter la tête d'un coup de sabre. Puis, braquant son pistolet dans l'oreille du cheval, il le tua net. Après quoi, il s'en fut raconter son haut fait aux autorités. Il fut condamné aux travaux forcés.

Charko s'apitoie sur le prince.

Je m'efforce de lui démontrer que cet homme ne mérite aucune pitié, mais il me répond d'un ton sentencieux :

— Il y a peu de princes et il y a beaucoup de paysans, on ne devrait pas condamner un prince pour un paysan. Qu'est-ce que c'est qu'un paysan ? Ceci — et Charko me fait voir une motte de terre — tandis qu'un prince est en quelque sorte une étoile !

Nous disputons ; il s'emporte. Dans sa colère, il découvre les dents ainsi qu'un loup ; sa figure prend une expression aiguë.

— Tais-toi, Maxime, crie-t-il, tu ne sais pas comment l'on vit au Caucase.

Sa naïveté demeure inaccessible à mes arguments ; ce qui me semble évident lui paraît ridicule ; son cerveau demeurait réfractaire à ma logique et lorsque, après bien des efforts, je l'avais mis au pied du mur en lui prouvant d'une manière évidente la supériorité et la légitimité de mes idées, il ne se laissait pas démonter pour cela et déclarait :

— Va habiter au Caucase ; tu comprendras que je dis juste. Tout le monde agit de la sorte ; c'est donc bien ainsi. Pourquoi me fierais-je à toi qui viens seul me dire « ceci est faux » alors que des milliers de gens affirment « ceci est juste ».

Je me taisais alors, me rendant compte

que ce qu'il fallait opposer à cet homme, qui croyait que la vie, telle qu'elle se présente actuellement, était basée sur un principe de justice, c'était non des paroles, mais des faits. Je me taisais et lui s'enorgueillissait de ce triomphe, car sa confiance en sa connaissance absolue de la vie et mon silence lui permettaient d'exalter encore plus dans ses récits la vie des propriétaires caucasiens dans ce qu'elle avait de grandeur tragique, de violence et d'originalité. Ses histoires m'intéressaient et excitaient ma curiosité tout en m'inspirant un sentiment de révolte, motivé par leur barbarie, leur respect servile de l'argent et de la force, par l'absence de ce qui constitue la morale obligatoire de chaque homme.

Certain jour je demandai à Charko s'il connaissait la loi du Christ.

— Parbleu, me répondit-il avec un haussement d'épaules.

Mais quand je l'eus interrogé à fond, je m'aperçus que toute sa science se résumait en ceci :

« Il y avait eu un nommé Jésus, lequel

s'était révolté contre la loi juive, en raison de quoi les Juifs l'avaient mis en croix. Mais comme il était Dieu il ne mourut pas sur la croix : il s'enleva au ciel et donna d'autres lois aux hommes. »

— Lesquelles ? demandai-je.

Charko eut un regard étonné et ironique:

— Tu es chrétien ? dit-il. Bien ! moi aussi ! Sur terre presque tous les hommes sont chrétiens. Donc, que me demandes-tu? Tu vois bien comment tout le monde vit... Eh bien, voilà la loi du Christ.

Je m'emportai et j'entrepris de lui raconter la vie de Jésus. Il y prêta au début une certaine attention, puis progressivement se désintéressa et enfin se mit à bâiller.

Comprenant que son cœur n'y était plus, je fis appel de nouveau à son cerveau. Je lui expliquai les avantages que peuvent procurer la charité, la science, la justice, parlant des avantages et uniquement des avantages !

— Celui qui est puissant fait la loi lui-même. Il n'est pas nécessaire de la lui enseigner ; même s'il est aveugle il trouvera sa route, me répondit le prince Charko, avec indolence.

Il avait ce mérite de demeurer fidèle à ses principes ; cela m'incitait au respect. Mais il était brutal, cruel et de temps à autre je sentais en moi un éclair de haine s'allumer contre lui. Je ne désespérai pas, cependant, de trouver entre nous un point commun, un terrain qui nous permettrait de nous rencontrer et de nous comprendre.

J'abordai des conversations plus simples, je tentai de me rapprocher de lui. Il constata mes efforts, en conclut que je reconnaissais sa supériorité et prit avec moi un ton de plus en plus arrogant. Il m'était douloureux de voir mes arguments tomber en poussière, contre la muraille de granit que constituait son appréciation de la vie.

Nous avions franchi le Pérékop. Les montagnes de la Crimée étaient proches. Depuis deux jours nous les apercevions à l'horizon, toutes bleues et semblables à des bandes de nuages légers. Je les admirais de loin en songeant à la côte de Crimée.

Cependant le prince chantait des refrains

géorgiens et demeurait morose. Tout notre argent était dépensé et nulle part nous ne voyions la possibilité d'en gagner d'autre. Nous marchions en hâte vers Théodocie où l'on avait entrepris des travaux pour l'établissement d'un port. Le prince m'affirmait qu'il travaillerait lui aussi et que nous emploierions l'argent gagné à payer le voyage par mer jusqu'à Batoum. Là il avait de nombreux amis et il lui serait aisé de me procurer une bonne place de portier ou de gardien. D'un air protecteur, il me tapait sur l'épaule et déclarait en faisant claquer sa langue :

— Je t'organiserai une vie confortable ! Tsé, tsé, tu boiras du vin tant que tu voudras, tu mangeras du mouton tant que tu pourras, tu épouseras une Géorgienne, une grosse Géorgienne, tsé, tsé. Elle te cuisinera de bons plats, tu lui feras beaucoup d'enfants, tsé, tsé.

Tout d'abord ce « tsé, tsé », m'avait surpris, ensuite il provoqua chez moi de l'agacement, enfin me mit dans une colère morne. En Russie, on se sert de cette onomatopée pour rappeler les pourceaux ; au Caucase il traduit l'admiration, le regret, la joie, la souffrance.

L'élégant complet de Charko était fort élimé, ses souliers bâillaient de tous côtés, nous avions vendu à Kherson la canne et le chapeau. Au lieu et place de ce dernier, Charko arborait une vieille casquette d'employé de chemin de fer.

La première fois qu'il la mit, l'ayant bien campée sur l'oreille, il me demanda :

— Comment cela me va-t-il ? Est-ce joli?

III

Enfin nous voici en Crimée ; nous avions passé par Simféropol et nous nous dirigions vers Yalta. La beauté extrême de ce coin de terre, bordé de tous côtés par les flots, me plongeait dans une extase muette. Le prince soupirait, geignait et regardant autour de lui avec un air navré, tâchait de combler le vide de son estomac avec des fruits inconnus. Ces tentatives n'aboutissaient pas toujours très favorablement et il me disait d'assez mauvaise humeur :

— Si cela me met le corps à l'envers, dis-moi comment je pourrai aller plus loin ? hein ?

Aucun travail ne s'offrant à nous et, faute d'un sou vaillant, ne pouvant acheter du pain, nous nous nourrissions exclusivement de fruits et d'espérances.

Déjà le prince Charko en venait à me

reprocher ma paresse et mon défaut d'initiative. Il commençait à être insupportable ; mais par-dessus tout, il m'irritait par les anecdotes qu'il me racontait au sujet de son appétit formidable. Par exemple, ayant mangé à midi un petit agneau, arrosé de trois bouteilles de vin, il était, disait-il, capable d'absorber à deux heures et sans difficulté, pour son dîner, trois assiettes de soupe, une pleine marmite de mouton au riz, une part énorme de viande, sans compter un grand nombre de plats caucasiens et de boire, en outre, à satiété. Durant des journées entières, il m'entretenait de ses préférences et de ses connaissances gastronomiques. Il discourait, faisant claquer sa langue, les yeux brillants, grinçant de ses dents longues, aspirant et ravalant bruyamment sa salive d'affamé qui mouillait continuellement ses lèvres d'orateur. A ces moments-là, je ressentais pour lui un dégoût que j'avais peine à dissimuler.

Un jour, tout près de Yalta, je fus embauché pour tailler un jardin fruitier ; je reçus d'avance le salaire de mon travail et j'employai tout cet argent à l'achat de viande et de pain. Je rapportai mes provisions ; à cet instant le jardinier m'ayant appelé, je dus le rejoindre, laissant les victuailles à la garde de Charko, lequel avait refusé de travailler en prétextant un mal de tête. Lorsque je revins, une heure plus tard, je pus constater que Charko ne m'avait en rien menti en me parlant de son appétit : il ne restait plus une miette de mes provisions. Ce n'était pas là un fait de bon camarade ; mais je ne dis rien et j'eus tort, ainsi que la suite des événements me permit d'en avoir la preuve.

Charko, ayant remarqué mon silence, l'exploita à son profit. A dater de ce jour les choses prirent une tournure tout à fait saugrenue. Moi je travaillais ; lui, imaginant sans cesse quelque prétexte pour se refuser à tout effort, mangeait, dormait et se payait ma tête. Je ne suis pas un disciple de Tolstoï ; je trouvai stupide et odieux de voir ce solide gaillard me regarder d'un air cupide lorsque, épuisé par le travail, je venais le retrouver dans un coin à l'ombre.

Mais ce qui m'apparaissait plus stupide et plus odieux encore, c'est que je m'apercevais qu'il se moquait de moi parce que je travaillais. Il se moquait de moi parce que lui-même, étant habile à mendier, estimait que j'étais une bûche sans énergie. Tout d'abord, lorsqu'il mendiait, il y apportait vis-à-vis de moi une certaine pudeur, mais, par la suite, dès que nous approchions d'un village tartare, il procédait en ma présence à ses préparatifs. Il s'appuyait sur un bâton et traînait la jambe, affectant d'être blessé, car il comprenait bien que les Tartares avares n'accorderaient aucune aumône à un gars solide. De là venaient des disputes et je m'efforçais de lui faire comprendre l'ignominie de sa conduite. Il riait :

— Je ne sais pas travailler, me répondait-il simplement.

On lui faisait la charité assez mesquinement. Je commençais alors à être malade, chaque jour le trajet me semblait plus pénible et mes relations avec Charko plus insupportables. Il en était arrivé jusqu'à exiger violemment que je l'entretienne.

— Est-ce toi qui me guides ? En ce cas, guide-moi ! Il m'est impossible, à moi, de faire à pied un si long parcours ; je n'en ai pas l'habitude. Cela peut me tuer. Te plais-tu à me faire souffrir ? Souhaites-tu ma mort ? Qu'arrivera-t-il si je meurs ? Ma mère pleurera, mon père pleurera, mes amis pleureront. Cela en fera des larmes !

J'écoutais ses péroraisons sans impatience; une idée bizarre pénétrait peu à peu dans mon cerveau et me donnait la volonté de supporter tout cela. Quelquefois, tandis qu'il dormait, je m'asseyais près de lui, et, considérant l'immobilité paisible de son visage, je me répétais à moi-même, comme saisi de l'intuition de quelque chose : « Mon compagnon... mon compagnon... »

Dans mon cerveau prenait naissance par instants cette idée confuse que Charko usait simplement d'un droit en exigeant avec cette autorité absolue mon assistance et mes soins. Ses prétentions révélaient en lui une force de caractère. Il me faisait son esclave et je lui cédais ; je l'étudiais, notant tous les frémissements de son visage et tâchant de m'imaginer où il bornerait son emprise sur une personnalité étrangère. Quant à lui, il se trouvait fort à l'aise ; il chantait, il dormait et me raillait tout à sa guise. Parfois nous nous séparions pour un jour ou deux et nous allions dans des directions différentes. Je le munissais de pain et d'argent, lorsque j'en possédais, et je lui indiquais où il faudrait m'attendre. Quand nous nous retrouvions, la méfiance mécontente qu'il avait manifestée à mon départ se changeait en une joie triomphante et il me disait dans un éclat de rire :

— Je croyais que tu étais parti tout seul, que tu m'avais planté là, ha ! ha ! ha !

Je lui donnais de quoi manger, je lui disais quels beaux paysages j'avais vus. Un jour, à propos de Baktchisaraï, je lui déclamai quelques vers de Pouchkine. Ils ne l'impressionnèrent aucunement.

— Ah ! des vers !... Des chansons, soit, mais pas des vers. J'ai connu un homme, un Géorgien, Mato Légéava qui savait chanter les chansons ! et quelles chansons ! Quand il chantait, ah la la ! Et c'est qu'il chantait très fort, on eût dit qu'on lui retournait un poignard dans le gosier... Il a coupé la gorge à un aubergiste et on l'a envoyé en Sibérie.

Chaque fois que je revenais, je dégringolais plus bas dans son opinion et il ne prenait pas la peine de me le cacher.

Nos affaires n'étaient guère prospères, je parvenais tout juste à gagner un rouble ou un rouble et demi par semaine, ce qui naturellement était très insuffisant pour nous deux. Les aumônes que recueillait Charko ne nous faisaient aucun profit. Il avait comme estomac un gouffre en miniature qui engloutissait tout, le raisin, les pastèques, le poisson salé, le pain, les fruits secs, et ce gouffre semblait grandir avec le temps et il devenait de plus en plus difficile de satisfaire ses exigences.

Charko insistait pour que nous quittions au plus vite la Crimée, alléguant, non sans raison, que l'automne était déjà arrivé et que la route était encore longue. J'en convins ; d'ailleurs, je connaissais déjà cette région de la Crimée et nous nous mîmes en chemin pour Théodocie, poussés par l'espoir d'y réaliser enfin l'argent que nous n'avions pas encore. Il fallut recommencer à vivre de fruits et d'espérances en l'avenir.

Triste chose que l'avenir ! On l'attend si longtemps que presque tout son charme a disparu quand il devient le présent.

Environ vingt verstes au delà d'Alouchta, nous nous arrêtâmes pour passer la nuit ; je décidai Charko à suivre la grève. Cela nous allongeait, mais j'avais envie de respirer l'air de la mer. Nous allumâmes un feu près duquel nous nous étendîmes. La soirée était splendide, la mer, d'un vert glauque, déferlait contre les falaises au-dessous de nous ; au-dessus de nos têtes, régnait le silence triomphal du ciel bleu ; autour de nous, les buissons et les arbres parfumés murmuraient doucement. La lune se levait. Les feuilles au contour sinueux des tchinars projetaient des ombres qui se détachaient sur la pierre. Un oiseau lançait à plein gosier une chanson vibrante ; ses trilles argentins se perdaient dans l'air au bruit berceur et léger des vagues. Quand il se taisait, on percevait le cri aigu d'un insecte. Le feu flambait avec une lueur joyeuse et sa flamme semblait un bouquet gigantesque de fleurs jaunes et rouges. Lui-même produisait des ombres qui dansaient autour de nous légèrement et paraissaient opposer leur mobilité aux ombres lentes que projetait la lune. Des bruits étranges vibraient parfois dans la nuit. La mer étendait son immensité déserte jusqu'à l'horizon. Le ciel était sans nuages et j'éprouvais la sensation de me trouver aux confins de la terre, en contemplation devant le magique problème de l'infini... La beauté sereine de la nuit me versait son ivresse, je m'anéantissais dans une harmonie parfaite de couleurs, de sons et de parfums ; mon âme était pleine de la prescience confuse d'une présence divine ; ma joie de vivre était si intense qu'il me semblait que mon cœur cessait de battre.

Soudain, Charko éclata de rire.

— Ha ! ha ! ha ! Quelle tête stupide tu fais ! On dirait un mouton, ha ! ha ! ha !

Je sursautai comme si la foudre avait éclaté au-dessus de ma tête. Mais cela était pire. Oui, peut-être était-ce drôle, mais combien humiliant ! Charko riait aux larmes ; moi-même, il me semblait que j'allais pleurer... pour une raison tout autre. J'éprouvais la sensation d'avoir une pierre dans la gorge ; j'étais incapable de parler et je le regardais avec des yeux fous, ce qui mit le comble à son hilarité. Il se roulait sur le sol en se tenant le ventre ; pour moi, je ne pouvais me remettre de l'outrage qu'il venait de me faire. Cet outrage était terrible et les quelques lecteurs, qui, je l'espère, le comprendront pour avoir eux-mêmes éprouvé une émotion semblable, sentiront à nouveau le poids de cette souffrance s'appesantir sur leur cerveau.

— Tais-toi ! hurlai-je avec fureur.

Il eut peur, sursauta, mais ne parvint pas cependant à s'arrêter. Il était possédé de la folie du rire ; il enflait les joues, roulait les yeux et recommençait à s'esclaffer. Alors, je me levai et m'éloignai de lui.

Je marchai longtemps sans penser, sans

réfléchir, empoisonné par le venin de la solitude et de l'humiliation. J'avais étreint la Nature entière, je lui avais fait silencieusement l'aveu de mon amour, de cet amour qu'éprouve tout homme lorsqu'il est un peu poète... et voici que la Nature, en la personne de Charko, avait éclaté de rire devant mon enthousiasme ! J'eusse continué longtemps encore mon acte d'accusation contre la Nature, contre Charko et contre tout l'ordre des choses si je n'avais entendu, derrière, moi, des pas précipités.

— Ne sois pas fâché, me dit Charko, l'air contrit, en m'appuyant légèrement la main sur l'épaule, tu étais en prières ? Je ne pouvais pas savoir, je ne prie jamais, moi...

Il avait le ton confus d'un enfant fautif et, malgré mon exaltation, il m'était impossible de ne pas voir l'inquiétude et le trouble qui angoissaient sa figure honteuse :

— Je te promets sérieusement de ne plus jamais te déranger.

Et il fit un geste négatif de la tête et reprit :

— Je vois que tu es bon, que tu travailles et que tu ne me demandes pas de travailler... Alors, je me demande pourquoi... Assurément, pensai-je, il faut qu'il soit bête comme un mouton...

C'était tout ce qu'il trouvait à me dire pour me consoler et me présenter ses excuses !... Bien entendu, après de telles consolations et de telles excuses, je ne pouvais que lui pardonner, non seulement les fautes passées, mais encore les fautes à venir.

Une demi-heure plus tard, il dormait profondément ; assis à ses côtés, je restais à le regarder. Durant son sommeil, l'homme le plus fort paraît faible et sans défense et Charko me faisait pitié. Ses lèvres épaisses entr'ouvertes, ses sourcils relevés lui donnaient l'aspect d'un enfant timide et étonné. Sa respiration était paisible, mais parfois il remuait et parlait, disant, en dialecte géorgien, des phrases entières, des supplications hâtives. Tout autour de nous, c'était le calme angoissé qui semble toujours couvrir quelque chose, la tranquillité absolue, le silence implacable et complet qui, s'il se prolongeait, amènerait chez l'homme la folie. Le murmure des vagues ne parvenait pas jusqu'à nous ; nous étions dans une sorte de ravin que bordaient des haies épineuses semblables à la gueule d'un monstre pétrifié. Je contemplais Charko et je pensais : « Il est mon compagnon ; je puis le laisser là, mais je ne puis me délivrer de lui, parce que son nom est légion... c'est le compagnon de toute mon existence, il me suivra jusqu'au tombeau. »

IV

Théodocie nous valut une déception. A notre arrivée, nous y trouvâmes près de quatre cents individus désirant comme nous du travail et qui, par force, se contentaient de regarder en spectateurs la construction des Docks. Parmi les travailleurs, il y avait des Turcs, des Grecs, des Caucasiens, des originaires de Smolensk, de Poltava, des vagabonds. La ville entière et ses environs étaient infestés de hordes moroses, de gens épuisés, de crève-la-faim ; tous les va-nu-pieds d'Azov et de Crimée y grouillaient comme des loups.

On nous prit tout d'abord également pour des crève-la-faim ; on s'efforça de tirer de nous tout le profit possible : dans la cohue, on arracha des épaules de Charko le paletot que je lui avais acheté et on coupa la courroie de mon sac. Toutefois, après quelques discussions, nous rentrâmes en possession de notre bien : la confrérie des va-nu-pieds s'aperçut, entre eux et nous, d'une communauté d'esprit, et les vagabonds sont gens d'honneur, encore que très mauvais sujets.

Quand nous eûmes acquis la conviction qu'il n'y avait là rien à faire et qu'on prétendait se passer de nous pour construire la digue, nous nous sentîmes offensés et nous partîmes pour Kertch.

Mon compagnon fut fidèle à sa parole ; il ne se moquait plus de moi, mais il souffrait beaucoup de la faim : il était ténébreux comme la gorge du Darial. Sitôt qu'il voyait quelqu'un en train de manger, il se mettait à grincer des dents comme un loup et m'effrayait en m'énumérant toute la boustifaille qu'il eût voulu absorber. Depuis quelques jours, il commençait à penser aux femmes. Ce furent d'abord, de temps en temps, des soupirs de regret qui devinrent de plus en plus fréquents, avec des sourires ardents d'Oriental ; enfin, il en arriva à ne pouvoir rencontrer une femme, quel que fût son âge ou son aspect, sans me faire des réflexions cyniques et pleines d'une philosophie pratique, relativement à quelque partie de son corps. Il avait une façon si cavalière de parler aux femmes, il manifestait une connaissance si approfondie de la matière et il se plaçait à un point de vue si spécial que je ne pouvais m'empêcher d'en cracher de dégoût. Certain jour, j'entrepris de lui démontrer que la femme était un être méritant, sous tous les rapports, d'être considérée comme son égal ; mais je m'aperçus que non seulement mes paroles l'offensaient, mais encore que cela lui semblait une humiliation telle qu'il en était sur le point de se mettre en fureur ; je renonçai donc à faire toute observation jusqu'au jour où Charko n'aurait plus faim.

Nous nous dirigeâmes sur Kertch, non en suivant la côte, mais à travers la steppe, afin d'abréger la route ; nous n'avions dans notre sac qu'une galette d'orge de trois livres, achetée chez un Tartare avec nos derniers sous.

La triste conclusion de cet état de choses, fut qu'à notre arrivée à Kertch, nous étions tout à fait incapables de nous mettre en quête de travail et même que nous pouvions à peine nous tenir sur nos jambes.

Les tentatives de Charko pour obtenir du pain en mendiant dans les villages, ne donnaient aucun résultat. Partout c'était la même réponse laconique : « il y en a des tas comme vous », et cela était une vérité indiscutable. En effet, cette année-là, il était effrayant de voir le nombre de gens qui sollicitaient du pain. Ils allaient à pied, par bandes de trois à vingt, parfois plus, ils marchaient, avec des enfants, tantôt les portant, tantôt les traînant par la main. Tous ces enfants étaient blafards ; ce n'était pas du sang qui paraissait circuler sous leur épiderme bleui, mais un liquide immonde, fétide et corrompu. Leurs os pointaient sous leur peau desséchée avec des arêtes si navrantes à regarder, qu'à les voir, on se sentait le cœur étreint d'une tristesse affreuse et qui faisait souffrir intolérablement et lamentablement.

Mourant de faim, demi-nus, épuisés par la longueur de la route, ces enfants n'avaient même pas la force de crier. Ils promenaient autour d'eux des regards éteints qui s'allumaient avidement d'un éclair à la vue d'un jardin potager ou d'un champ non moissonné ; et leurs yeux semblaient demander à leurs parents de quel droit ils les avaient mis au monde. Parfois, on voyait passer une télègue que traînait un cheval guidé par une vieille femme amaigrie, semblable à un squelette, et autour d'elle, il y avait de ces têtes d'enfants aux yeux mélancoliques, regardant la terre des autres. Le cheval décharné et épuisé avance à grand' peine en secouant sa tête longue à crinière emmêlée ; il est piteux. Autour de la télégue, ou marchant derrière, viennent les grands. Ils marchent tête basse, les bras pendant comme des cordes ; une expression d'égarement emplit leurs yeux mornes auxquels la fièvre ne donne même pas d'éclat, mais où l'on peut lire une inexprimable et poignante souffrance. Et tout ce cortège semble ramper lentement et silencieusement sur la terre d'autrui ; on eût dit que ces êtres, retranchés de la vie par le malheur, redoutaient de troubler le calme des êtres plus fortunés chez qui ils étaient venus.

Nous en rencontrâmes souvent, de ces cortèges funèbres où il n'y avait pas de mort ; lorsqu'ils nous croisaient ou que nous les rejoignions, les malheureux nous demandaient doucement et timidement :

— Ami, est-ce loin, le village ?

Notre réponse leur arrachait un soupir, puis ils se taisaient en nous regardant passer.

Mon compagnon exécrait ces concurrents qu'il ne pouvait espérer vaincre dans ses entreprises de mendicité. Les réserves de vitalité de son organisme lui interdisaient, en dépit de la dureté de la marche et de l'insuffisance de nourriture, de présenter un aspect aussi lamentable que celui dont pouvaient, à juste titre, s'enorgueillir les autres, comme d'une perfection en la matière. Sitôt qu'il les voyait paraître à l'horizon, il s'écriait :

— Encore ! Ah ! fi, fi, que viennent-ils

faire ici ? Est-ce que la Russie est trop petite pour eux ? Je ne comprends pas ! Le peuple est stupide en Russie.

Je lui exposais les raisons qui forçaient le peuple russe à s'exiler ; mais il hochait la tête avec un air de doute et répétait :

— Je ne comprends pas ! Comment cela est-il possible ? Chez moi, en Géorgie, on n'est pas bête à ce point.

Finalement, nous parvînmes à Kertch, harassés et mourant de faim. Il était tard et nous dûmes nous contenter, pour la nuit, de nous installer sous la passerelle qui reliait le bateau à vapeur au quai.

La prudence nous faisait un devoir de nous cacher ; nous n'ignorions pas que peu de temps auparavant, tous les vagabonds qui constituaient à Kertch un superflu de population, avaient été expulsés de la ville et nous craignions d'être emmenés au poste. Le passeport dont Charko était muni ne lui appartenant pas, cela eût pu compliquer notre aventure de façon grave.

Les vagues du bras de mer nous arrosèrent copieusement de leur écume durant la nuit, et à l'aube, nous quittâmes l'abri de la passerelle, trempés et grelottants. Nous passâmes toute la journée à errer sur la plage et tout notre gain se borna à dix kopecks que me donna la femme d'un pope pour porter un sac de melons, du bazar chez elle.

Il s'agissait, maintenant, de franchir le détroit pour aller à Tamagne. Nous ne trouvâmes pas un batelier qui consentît à nous embaucher comme rameurs. Mes prières restèrent vaines ; les vagabonds s'étaient récemment signalés par des aventures nombreuses et audacieuses, et tout le monde se méfiait de nous, nous classant assez légitimement dans la catégorie des va-nu-pieds. Le soir vint... Furieux contre ma déveine et contre le monde entier, je résolus de tenter une équipée assez téméraire. A la nuit naissante, je la mis à exécution.

V

La nuit venue, Charko et moi nous nous introduisîmes doucement dans le port de la douane, où trois barques étaient fixées par des chaînes à des anneaux rivés dans le mur de granit du quai. Il faisait nuit noire, le vent soufflait, les canots s'entrechoquaient, les chaînes grinçaient. Il me fut aisé de détacher l'anneau qui retenait une des chaloupes, en secouant la chaîne. A cinq mètres au-dessus de nous, un douanier se promenait, montant la garde tout en sifflotant entre ses dents. Chaque fois qu'il se rapprochait de moi, je cessais mon travail ; c'était d'ailleurs là une précaution bien superflue, car personne n'eût supposé qu'un individu osait s'aventurer à cet endroit, dans l'eau jusqu'au cou, courant à chaque minute le risque d'être enlevé par une lame. D'autre part, les chaînes se heurtaient sans discontinuer, et je n'étais pour rien dans ce bruit. Charko s'était déjà allongé dans le fond de l'embarcation et murmurait quelque chose que le bruit des vagues m'empêchait d'entendre. Enfin, l'anneau céda... Une lame souleva la chaloupe, et d'un mouvement de houle la projeta à plusieurs mètres du quai. Je m'accrochai à la chaîne et nageai à côté de la barque, puis je m'y hissai. Nous enlevâmes les deux planches des mâts et nous les fixâmes aux tolets pour nous en servir comme de rames... Nous partîmes.

Les nuages couraient dans le ciel, les vagues furieuses bondissaient. Charko, assis au gouvernail, disparaissait par instants, comme englouti avec l'arrière du canot dans le creux des lames, puis il montait très haut et, en criant, dégringolait presque sur moi. Je lui donnai le conseil d'abord de s'attacher les jambes à la banquette, ce qu'il dut faire lui-même, et ensuite de retenir ses cris s'il ne tenait pas à être entendu du douanier. Il se tut aussitôt. Sa figure ne m'apparaissait que comme une tache blanche. Il tenait toujours le gouvernail. Le temps nous manquait pour changer de fonctions et d'autre part nous hésitions à quitter l'un et l'autre nos places dans le bateau. Je lui criais les manœuvres à exécuter ; il me comprenait tout de suite et agissait aussi habilement qu'un marin expérimenté. Les planches qui me tenaient lieu de rames ne me servaient pas à grand chose sinon à m'arracher les mains. Le vent soufflait de l'arrière, je ne m'inquiétais guère de savoir dans quelle direction nous étions entraînés et me contentais de me tenir le plus possible par le travers du détroit. Cette besogne m'était facilitée par les feux de Kertch qui se distinguaient nettement. Les vagues venaient nous rendre visite par-dessus bord et s'entrechoquaient avec des clameurs de colère. Plus nous avançions vers le large, plus les mouvements des flots devenaient formidables et bruyants. Cela semblait un grondement terrible qui obsédait le cerveau et empêchait toute pensée.

L'allure de la barque allait sans cesse s'accentuant ; il me devenait très difficile de garder la direction nécessaire. Tour à tour nous étions engloutis au fond de gouffres ou transportés au sommet de montagnes liquides.

L'ombre se faisait plus épaisse encore et la voûte des nuages semblait s'abaisser. En arrière du bateau, les feux s'évanouissaient dans les ténèbres, et je me sentis pris de peur. J'eus l'impression que cette étendue d'eau en fureur était illimitée. On ne voyait plus rien que les vagues qui surgissaient de l'obscurité pour se ruer sur la chaloupe. Une des planches que je tenais en mains fut arrachée avec fracas ; de moi-même j'envoyai l'autre au fond de la barque et je me cramponnai des deux mains au bordage. A chaque bond que nous faisions, Charko poussait un hurlement sauvage. Je me sentais lamentable et sans force dans ces ténèbres, au milieu de la mer déchaînée qui m'assourdissait de sa clameur. Je promenais autour de moi des regards pleins de tristesse et d'effroi et le spectacle qui s'offrait à mes yeux était en effet d'une monotonie terrifiante : ce n'étaient que vagues couronnées de crêtes blanches qui rejaillissaient en embruns amers, et que nuages lourds, déchiquetés et qui semblaient aussi des vagues. Une impression me restait, seule : tout le chaos qui m'environnait aurait pu être encore mille fois plus violent et plus horrible, et j'étais comme vexé du fait que cette force se contenait et se refusait à se donner entièrement libre carrière. La mort me semblait inéluctable, mais il m'apparaissait de toute nécessité de ne point regarder en face cette loi inflexible et qui nivelle tout, sans quoi elle eût été trop cruelle et trop douloureuse. S'il me fallait choisir entre être brûlé vif ou enlizé dans un marécage, j'opterais pour le bûcher comme étant plus à ma convenance.

— Mettons une voile ! me cria Charko.

— Où trouver une voile ? demandai-je.

— Mon paletot...

— Jette-le-moi, sans lâcher le gouvernail !

Silencieusement, Charko s'agita à l'arrière du canot.

— Attrape !

Il me lança son vêtement. En rampant au fond de la chaloupe, je parvins encore, non sans peine, à arracher une planche, je l'enfilai dans la manche solide du paletot et je la dressai contre la banquette en la fixant entre mes pieds. Mais comme je venais de prendre l'autre manche et un des pans du vêtement, il arriva quelque chose d'imprévu...

Nous fîmes un bond formidablement haut, puis nous retombâmes dans un précipice et je me retrouvai à la mer tenant d'une main le paletot et m'accrochant de l'autre au cordage qui entourait extérieurement la chaloupe. Les vagues passaient avec fracas par-dessus ma tête et j'avais la bouche pleine d'eau salée et amère. J'en avais dans les oreilles, dans le nez, dans la gorge. M'agrippant désespérément à la corde j'émergeais de l'eau, j'y plongeais à nouveau, donnant de la tête contre les planches. Je jetai le vêtement sur la quille renversée de la barque et je me mis en devoir de grimper dessus. Après bien des efforts j'y parvins, je me mis à cheval sur le bateau et j'aperçus Charko qui faisait des cabrioles dans la mer tout en s'accrochant aux mêmes cordes que je venais de lâcher. Celles-ci entouraient toute la chaloupe, passant dans des anneaux de fer rivés aux bordages.

— Tu es vivant ! lui criai-je.

Au même instant, il fut lancé au-dessus de l'eau et retomba à son tour sur le bateau. Je le reçus et nous nous trouvâmes tous deux face à face. J'étais en selle sur la quille, les pieds posés sur la corde comme dans des étriers, mais cette position n'était pas très stable. La première vague pouvait me désarçonner. Charko se cramponna à mes genoux ; il me cognait de la tête dans la poitrine. Un tremblement l'agitait tout entier et j'entendais claquer ses dents. Il importait de faire quelque chose. On eût dit que la quille venait d'être graissée tellement elle était glissante ; je dis à Charko de se mettre à l'eau et de s'accrocher aux cordes d'un côté, cependant que j'agirais de même de l'autre côté. Pour toute réponse il m'envoya un coup de tête dans la poitrine.

Les vagues, continuant leurs danses furieuses, bondissaient par-dessus nous ; nous nous maintenions à grand'peine, la corde me sciait douloureusement un pied. De tous côtés on voyait se dresser de formidables montagnes d'eau qui s'effondraient aussitôt avec fracas.

Je renouvelai, plus énergiquement encore cette fois-ci, mon ordre à Charko. Il se contenta de me donner dans la poitrine des coups de tête vigoureux. Il n'y avait pas de temps à perdre. L'un après l'autre, je détachai de moi ses deux bras et je le fis glisser dans l'eau en ayant soin de lui faire accrocher les cordes avec les mains. C'est ici que se passa la scène qui me sembla la plus effroyable dans cette nuit d'horreur :

— Tu veux me noyer ? murmura Charko et il me fixa du regard.

C'était vraiment effrayant ! La question était effrayante et plus effrayante encore son intonation. On y démêlait la résignation timide, une humble prière de grâce et le suprême espoir d'un être qui abandonne toute espérance d'échapper à une mort horrible. Mais plus terribles étaient ses yeux dans cette face ruisselante et mortellement livide.

Je lui criai :

— Serre plus fort !

Puis je me laissai aller moi-même à l'eau en me tenant à la corde. Mon pied se heurta violemment à quelque chose. Sur le moment cela fut si douloureux que je ne compris pas, mais bientôt je me rendis compte. Une sensation violente vibra en moi : j'étais comme ivre et j'eus l'impression d'être plus fort que je ne l'avais jamais été.

— La terre ! m'écriai-je.

Il se peut que les navigateurs illustres, en découvrant des mondes nouveaux, éprouvent à pousser ce cri un enthousiasme plus ardent que le mien, mais je crois impossible qu'ils le hurlent plus fort. Charko rugit et nous nous jetâmes à la mer.

Notre joie, toutefois, diminua bientôt,

nous avions encore de l'eau jusqu'à la poitrine et d'aucun côté rien n'indiquait une plage. Les vagues plus faibles ne bondissaient plus et roulaient indolemment par-dessus nos têtes. Par bonheur, je n'avais pas lâché la barque ; Charko et moi nous nous plaçâmes chacun d'un côté et, nous tenant aux cordes tutélaires, nous avançâmes avec précaution, un peu au hasard, en dirigeant le bateau que nous avions rétabli dans son équilibre normal.

Charko bafouillait quelque chose et riait, j'interrogeais les environs d'un regard un peu inquiet. Il faisait toujours aussi noir. Derrière nous et à notre droite, la clameur de la mer était plus violente ; devant nous et à notre gauche elle était plus faible: nous nous orientâmes vers la gauche. Le fond était solide, sablonneux, mais irrégulier. A certains moments nous perdions pied ; il nous fallait nager des jambes et d'un bras en tenant la chaloupe de l'autre ; en d'autres endroits, nous n'avions de l'eau que jusqu'aux genoux. Au passage des parties profondes, Charko geignait et j'étais tremblant de peur. Mais soudain devant nous des lumières brillèrent... C'était le salut.

Charko se mit à hurler à pleins poumons ; pour ma part, n'ayant nullement oublié que la chaloupe appartenait à la douane, je le rappelai à mon compagnon. Il se tut ; mais quelques minutes plus tard, je l'entendis qui sanglotait. Je ne pouvais le rassurer et je n'avais pas le temps de le faire.

La profondeur de l'eau continuait à décroître ; nous en eûmes au genou, puis à la cheville, puis plus du tout. Nous tirions toujours la barque ; enfin, à bout de force, nous la laissâmes là. Quelque chose qui ressemblait à un tronc noir nous barra la route, nous l'enjambâmes et nos pieds nus rencontrèrent de l'autre côté des ronces piquantes. La terre nous faisait un accueil inconfortable et inhospitalier ; mais nous ne nous en souciions guère et nous courûmes vers un foyer qu'on apercevait à une verste de nous et dont le gai flamboiement semblait un sourire accueillant ; autour de lui la nuit paraissait plus lugubre.

VI

... Trois chiens de grande taille, à longs poils, surgirent de l'obscurité et bondirent vers nous. Charko, qui n'avait pas cessé de sangloter d'une façon convulsive, poussa un cri d'épouvante et tomba sur le sol. Je jetai au-devant des chiens, le paletot ruisselant d'eau et je me baissai, dans l'espoir de trouver un caillou ou un bâton. Mais il n'y avait rien, que l'herbe piquante qui me déchirait les doigts. Les chiens nous attaquèrent vigoureusement. Introduisant deux doigts dans ma bouche, je lançai un coup de sifflet strident. Les chiens s'écartèrent aussitôt et j'entendis les pas d'hommes qui arrivaient en courant.

Quelques instants plus tard, nous étions auprès d'un feu qu'entouraient quatre hommes, vêtus de peau de mouton, la toison à l'extérieur. Ils gardaient le silence et tout en m'écoutant leur raconter mon aventure, ils nous dévisageaient d'un air méfiant.

Deux d'entre eux, assis à terre, tiraient de leur pipe de grosses bouffées de fumée ; un troisième, grand, portant une épaisse barbe noire, coiffé du haut bonnet des Cosaques, demeurait derrière nous, s'appuyant sur une trique dont la poignée n'était autre chose qu'un fragment de racine ; le quatrième, un jeune garçon aux cheveux blonds aidait Charko gémissant à retirer ses vêtements. A côté de chacun de ces hommes se trouvaient des bâtons énormes. Non loin de notre groupe, la terre semblait recouverte sur une large étendue par des flocons épais de couleur grisâtre qui rappelaient la neige commençant à fondre au printemps. Mais un examen plus prolongé et plus attentif permettait de constater qu'il s'agissait de brebis serrées les unes contre les autres. Elles étaient là quelques dizaines de milliers massées dans leur sommeil et faisant une tache dans l'obscurité de la nuit sur la steppe. De temps à autre, il s'en échappait un bêlement craintif. Je présentai le paletot au feu afin de le faire sécher et très sincèrement je racontai à ces hommes par quel procédé je m'étais procuré la chaloupe.

— Où est-il ce bateau ? me demanda un vieillard tout blanc, à l'air sévère, et qui ne me quittait pas du regard.

Je le lui dis.

— Va voir, Mikhal.

Mikhal, l'homme à la barbe noire, prit son bâton sur l'épaule et s'en fut vers la rive.

Le paletot était sec. Charko voulait le mettre de suite sur son corps nu, mais le vieillard lui dit :

— Attends, cours d'abord autour du feu pour rétablir la circulation du sang ! Allons !

Charko, au premier moment, ne comprit pas, puis soudain il se redressa d'un bond et, tout nu, se mit à danser un pas d'une extraordinaire sauvagerie. Il sautait comme une balle au-dessus du feu, tournoyait sur place, frappait du talon par terre, tout en poussant de grands cris et en agitant les bras. Le spectacle était à mourir de rire. Deux des bergers se tordaient par terre, s'esclaffant à gorge déployée, tandis que le vieillard, dont la figure demeurait imperturbablement grave, essayait d'accompagner en mesure la danse de Charko en tapant dans ses mains, sans d'ailleurs y parvenir ; il suivait attentivement le mouvement, hochait la tête, faisait frémir ses moustaches tout en criant d'une voix de basse :

— Eh ! aï-ha ! C'est ça, c'est ça ! aï-ha bouz, bouz !

Dans la lumière projetée par le feu, Charko se tortillait comme un serpent, variait les poses, bondissait sur un pied, trépignait sur le sol et son corps moite était couvert de grosses gouttes de sueur que le feu faisait rouges comme des gouttes de sang.

Les trois hommes s'étaient mis à battre des mains en cadence, cependant que pour ma part, grelottant de froid, je songeais que notre équipée aurait ravi un fanatique de Cooper ou de Jules Verne : naufrage, naturels hospitaliers, danses sauvages autour du feu, tout y était... A ces pensées se joignait une certaine inquiétude sur ce que serait l'épisode le plus important de l'histoire, à savoir comment elle finirait.

Maintenant Charko était installé par terre, roulé dans son paletot, et il mangeait tout en me regardant de ses prunelles noires brillant d'un éclat bizarre qui faisait naître en moi une impression assez désagréable. Ses vêtements séchaient devant le feu, accrochés à des bâtons fichés en terre. On me passa, à moi aussi, du pain et du lard salé.

Mikhal revint, et sans mot dire s'assit à côté du vieillard :

— Eh bien ! interrogea celui-ci.

— Il y a un bateau là-bas, répondit laconiquement Mikhal.

— Il ne risque pas d'être entraîné ?

— Non.

Ils se turent et recommencèrent à m'examiner.

— Alors, dit Mikhal, sans interroger particulièrement personne, les conduit-on chez l'ataman ? Ou bien simplement aux douaniers ?

« La voilà, la fin ! », me dis-je.

Personne ne répondit à Mikhal. Charko mangeait en silence.

— On peut les mener chez l'ataman ou chez les douaniers. L'un est bien, l'autre aussi, dit le vieillard après un instant de réflexion.

— Ils ont volé quelque chose qui appartient au gouvernement ; ils doivent être punis.

— Ecoute, grand-père, commençai-je...

Mais il ne prêta aucune attention à moi.

— Il n'est pas permis de voler. Certes... ils feront pis encore s'ils ne sont pas punis.

Le vieillard parlait avec un calme qui me révoltait ; quand il se tut, les autres inclinèrent silencieusement la tête.

— Voilà ! Tu as volé, tu dois expier maintenant, puisque tu es pris. Mikhal ! La chose... le bateau est là ?

— Mais oui, il est là.

— Ah ! bon ; la mer ne l'emportera pas ?

— Non, elle ne l'emportera pas.

— Eh bien, qu'il reste, demain les bateliers en allant à Kerth ramèneront le bateau. Pourquoi ne se chargeraient-ils pas d'un bateau vide ? hein ? Ça va bien ! Maintenant pour vous, les camarades en guenilles... voilà ! Vous n'êtes pas peureux tous deux ! Non ! une demi-verste de plus et vous filiez en pleine mer ! Que seriez-vous devenus au large, hein ? Vous auriez coulé au fond, comme deux cognées... Oui ! Vous vous seriez noyés ! Voilà tout.

Le vieillard se tut et me regarda. Un sourire ironique soulevait sa moustache.

— Pourquoi ne dis-tu rien, galopin ? me demanda-t-il.

J'étais las de ses tergiversations ; sans bien le comprendre, j'avais l'impression qu'il se moquait de nous.

— Je t'écoute, répondis-je sur un ton assez mécontent.

— Alors ? demanda le vieillard.

— Alors... rien.

— Pourquoi as-tu l'air de me narguer ? Trouves-tu bien de narguer des gens plus âgés que toi ?

Je gardai le silence, reconnaissant, à part moi, qu'effectivement c'était mal.

— Désires-tu manger davantage ? reprit-il.

— Non.

— Soit, ne mange pas, si tu ne veux pas manger ! Mais... pour la route, accepterais-tu du pain ?

Je frémis de joie, mais je n'en laissai rien paraître.

— Oui, pour la route, j'accepterais... répondis-je d'un ton calme.

— Ah ! ah ! donnez-leur du pain et du lard pour le trajet... peut-être avons-nous encore quelque autre chose ? En ce cas, vous en donnerez également.

— Est-ce qu'ils vont partir ? demanda Mikhal.

Les deux autres interrogèrent du regard le vieillard.

— Et que pourrions-nous faire d'eux, dites-moi ?

— Mais, nous avions l'intention de les mener chez l'ataman ou au douanier, reprit Mikhal d'un ton désappointé.

Charko se remua près du feu et sortit curieusement la tête de son paletot. Il était tranquille.

— Qu'ont-ils à faire avec l'ataman ? Rien du tout. Ils iront chez lui ensuite si cela leur fait plaisir.

— Et comment s'arrangera-t-on pour le bateau ? continua Mikhal, obstiné.

— Le bateau ? répéta le vieillard. Eh bien, quoi ! le bateau ? Est-il là ?

— Oui, répondit Mikhal.

— Alors ! qu'il y reste ! Ce matin, Ivachko le conduira au port ; de là on le prendra pour le ramener à Kertch. Nous n'avons pas autre chose à faire pour le bateau.

J'observais le vieillard avec attention. Rien ne bougeait dans sa figure impassible, hâlée par le soleil, tannée par la vent et sur laquelle les ombres du foyer se projetaient.

— Pouvu que cela ne fasse pas d'histoire ! déclara Mikhal.

— Cela ne peut pas en faire, à moins que tu n'aies la langue trop longue ! C'est en les conduisant chez l'ataman que nous occasionnerions des ennuis pour eux et pour nous.

Nous avons assez de nos affaires ; pour eux, qu'ils déguerpissent ! Ah ! c'est encore loin, où vous allez ? reprit le vieillard à qui cependant j'avais déjà dit le but de notre voyage.

— A Tiflis...

— Oui, c'est loin ; tu vois, et l'ataman leur causerait encore une perte de temps. Alors, quand arriveraient-ils ? Ne vaut-il pas mieux qu'ils reprennent leur route ? N'est-ce pas, vous autres ?

— Soit ! qu'ils s'en aillent, déclarèrent les compagnons du vieillard, quand, ayant terminé son discours, il les eut tous interrogés du regard.

Lui, passait les doigts dans sa barbe blanche :

— Allons, enfants, partez, que Dieu vous accompagne — il eut un geste de la main — et le bateau sera ramené au port, hein ?

— Merci, vieux ! dis-je en retirant mon chapeau.

— Merci... pourquoi ?

— Merci, frère, merci ! répétai-je très ému.

— Mais pourquoi donc ? Quelle idée ! Je lui dis « Allez et que Dieu vous accompagne », il me répond « merci ». Tu avais donc cru que je t'enverrais au diable, hein ?

— J'avoue que je l'avais redouté.

Le vieux eut un mouvement des sourcils.

— Oh ! fit-il... pourquoi égarerais-je un homme sur une mauvaise route ? Il vaut mieux le diriger sur celle où je marche moi-même. Un jour viendra peut-être où nous nous rencontrerons ; nous nous reconnaîtrons et peut-être, alors, nous faudra-t-il nous entr'aider... Au revoir !

Il souleva son bonnet en peau de mouton à poils longs pour nous saluer Ses compagnons l'imitèrent. Nous nous renseignâmes sur la route à suivre pour atteindre Anape et nous partîmes.

Charko riait de quelque chose...

VII

— Qu'est-ce qui te fait rire ? demandai-je.

J'étais charmé du vieillard et de sa façon de comprendre la vie ; j'étais heureux de la brise fraîche annonçant l'aube prochaine et qui nous soufflait dans la poitrine, heureux que le ciel, dégagé de tout nuage, fût sur le point de s'illuminer, le soleil de se lever, le jour de renaître.

Charko eut à mon endroit un clignement d'yeux rusé, puis se remit à pouffer de rire. Je ne pus m'empêcher, moi-même, de sourire en entendant son rire joyeux et clair. Les deux ou trois heures passées devant le feu des pâtres, le bon pain et le lard avaient fait que, de notre dure équipée, il ne nous restait qu'une courbature sans gravité, dans les os, et c'était même là une gêne que la marche allait faire s'évanouir.

— De quoi ris-tu ? Est-ce d'être heureux d'en avoir réchappé ? Est-ce de te sentir vivant et de n'avoir même plus faim ?

Charko fit un geste négatif de la tête, m'envoya dans les côtes un coup de coude, grimaça, recommença à rire, puis enfin me dit dans son infâme jargon :

— Tu ne sais pas de quoi je ris ? Non ? Je vais te le dire. Sais-tu ce que j'aurais fait si l'on nous avait emmenés devant l'ataman ou le douanier ? Tu ne le devines pas ? Eh bien, j'aurais déclaré : « Il a voulu me noyer. » Puis j'aurais pleuré. Alors, on aurait eu pitié de moi, tandis que toi, on t'aurait jeté en prison ; comprends-tu ?

Je voulus d'abord ne voir dans ces paroles qu'une boutade ; mais, hélas ! il eut vite fait de me convaincre que son plan était sérieux. Il me convainquit même si bien et si indiscutablement que je n'eus pas le courage de m'indigner devant cet égoïsme naïf et que je sentis naître en moi un profond sentiment de pitié pour mon compagnon et pour moi-même. Quel sentiment autre pourrait-on concevoir à l'égard d'un individu qui vous déclarerait, sur un ton sincère et en souriant gaiement, ses intentions homicides à votre égard ? Quelle attitude prendre, lorsque cette vilenie lui apparaît simplement une plaisanterie aimable et très drôle ?

J'entrepris avec ardeur de lui faire comprendre ce que son idée avait de monstrueux. Mais il me répondit avec un sang-froid absolu que je ne me mettais pas à sa place ; n'était-il pas muni d'un faux passeport qui rendait sa situation très périlleuse? Cette déclaration me fit faire d'amères réflexions.

— Une minute ! lui dis-je ! croyais-tu réellement que j'avais eu l'intention de te noyer ?

— Non ! je l'ai cru quand tu m'as jeté à l'eau ; mais quand je t'ai vu y plonger toi-même, j'ai cessé de le penser.

— Dieu soit loué ! m'exclamai-je ; et pour cela du moins, merci.

— Il n'y a pas de quoi me remercier ! C'est moi qui te dirai : merci. Là-bas, devant le feu, tu grelottais, j'étais transi.

Bien que le paletot fût à toi, tu ne l'as pas pris, tu l'as fait sécher et tu me l'as donné sans rien garder pour te couvrir. Voilà pourquoi je te dis merci. Je comprends que tu es très bon. Je te revaudrai cela quand nous serons arrivés à Tiflis. Je te conduirai auprès de mon père et je lui dirai : « Voilà un homme. Donne-lui à manger, donne-lui à boire, et moi, mets-moi dans l'écurie des ânes. » Voilà comment je parlerai. Tu habiteras chez nous, tu auras une place de jardinier, tu boiras du vin et tu mangeras autant que tu voudras. Ah, ah ! Tu vivras très confortablement. C'est fort simple ! Mange et bois dans la même vaisselle que moi.

Il se répandit en longs détails sur la vie très agréable qu'il m'organiserait à Tiflis ! Et moi, tandis qu'il me parlait, je songeais à ce qu'il y avait de profondément triste pour des êtres possédant une morale neuve, des appétits nouveaux, à s'en aller de l'avant, à s'égarer dans la vie, et à trouver pour compagnons de route des individus qui leur soient totalement étrangers et incapables de les apprécier. Qu'elle est lamentable, l'existence de ces isolés ! Le vent les emporte contre leur volonté ! Mais ils constituent la semence féconde, bien que rarement ils rencontrent une terre fertile.

L'aube paraissait. Un éclair d'or rose illuminait l'horizon de la mer.

— J'ai sommeil, déclara Charko.

Nous fîmes halte. Il s'étendit dans un trou que le vent avait creusé dans le sable sec à quelque distance de la rive ; il s'enveloppa la tête et le corps dans son manteau et s'endormit sur-le-champ. Je m'assis près de lui et je contemplai la mer.

Elle vivait de sa vie immense et puissamment active. Les vagues, ainsi que des troupeaux, déferlaient sur le rivage et s'écrasaient sur le sable qui absorbait l'eau avec un sifflement léger. Couronnées d'une crête d'écume blanche et frémissante, les premières lames heurtaient violemment la côte de leur masse bombée, reculaient comme vaincues et rencontraient d'autres lames qui accouraient à la rescousse. Elles s'unissaient dans une gerbe d'écume, puis revenaient à l'assaut de la terre, qu'elles attaquaient dans un désir d'élargir les bornes de leur domaine. Des confins de l'horizon jusqu'à la grève, sur l'immensité de la mer, se formaient de nouvelles vagues onduleuses et puissantes qui avançaient, avançaient sans cesse en troupes compactes étroitement unies par une volonté, toujours la même... Le soleil jetait un éclat plus étincelant sur leurs crêtes et la cime des lames lointaines, à perte de vue, semblait rouge de sang. Pas une seule goutte d'eau n'était perdue dans ce gigantesque effort de la houle, obstinée, semblait-il, à un effort qu'elle comprenait, comme si ses assauts réguliers eussent dû bientôt lui livrer la proie qu'elle convoitait. La belle audace des premières vagues, se ruant courageusement sur le sable muet, me charmait, et j'admirais comment, derrière elles, la mer entière s'avançait, la mer immense que le soleil colorait déjà de toutes les teintes de l'arc-en-ciel, la mer forte et consciente de sa puissance et de sa splendeur.

Surgissant de derrière un promontoire

qui s'avançait à la rencontre des vagues, apparut un grand navire à vapeur qui, se balançant fièrement sur la mer tumultueuse, paraissait défier les flots. Les lames l'assaillaient dans un élan furieux. En d'autres circonstances, sa beauté robuste, l'éclat que ses parties métalliques jetaient dans le rayonnement du soleil, m'auraient, peut-être, donné l'orgueil des hommes, ces créateurs qui savent dompter les éléments...

Mais à côté de moi était affalé un homme-élément !

VIII

Nous poursuivions notre route à travers la province de Tersk. Charko avait les cheveux emmêlés ; il était vêtu de guenilles à faire peur, et en outre, mauvais comme un diable. Cependant, il ne connaissait plus les tortures de la faim, car on trouvait du travail autant qu'on en voulait. Mais il se révéla incapable du moindre effort. Un jour, il essaya de se placer près d'une batteuse à blé, pour enlever la paille ; la demi-journée ne s'était pas écoulée qu'il y renonçait, les mains en sang. Une autre fois, comme nous déracinions des troncs d'arbres, il trouva moyen de s'écorcher la peau du cou avec un épieu.

Nous avancions très lentement, travaillant deux jours et marchant le troisième. Le prince n'apportait aucune retenue à sa façon de se nourrir, et sa goinfrerie était cause qu'il m'était impossible d'économiser l'argent nécessaire à lui acheter quelques bribes d'un costume. Il n'avait plus pour vêtement que des trous que reliaient entre eux des pièces de couleurs bigarrées. Je l'adjurai de renoncer à ses visites aux cabarets des villages et de ne pas se laisser aller à des libations exagérées de vin ; mais il ne prêtait aucune attention à mes reproches.

Certain jour, dans un hameau, il déroba dans mon sac cinq roubles péniblement réunis et que je lui avais cachés, bien que mon intention fût de m'en servir à son profit. Le soir, il revint au verger où je travaillais, ivre, et escorté d'une grosse mégère cosaque qui, en guise de salut, me cria :

— Bonjour, damné hérétique !

Et comme, surpris de ce qualificatif, je lui demandais en quoi j'étais un hérétique, elle me répondit effrontément :

— Parce que, mauvais diable, tu empêches ce garçon-là d'aimer les femmes ? De quel droit le lui interdis-tu puisque la loi le permet ? Ah malédiction !

Charko, debout près d'elle, acquiesçait à ses paroles en hochant la tête. Il était effroyablement ivre et chaque fois qu'il faisait un mouvement, il titubait, comme si ses membres étaient détachés. Il avait la lèvre inférieure pendante. Il me dévisageait obstinément et stupidement de ses yeux sans expression.

— Qu'as-tu à nous regarder ? Rends-lui son argent, cria la femme violemment.

— Quel argent ? demandai-je surpris.

— Rends-le-lui, rends-le-lui, ou je te fais venir à la police. Rends les 150 roubles que tu lui as volés à Odessa.

— Que faire ? Cette maudite femelle, ivre comme elle l'était, pouvait être vraiment capable d'ameuter la police et les autorités du pays, qui ne sont guère indulgentes pour les touristes de notre acabit et nous auraient fait arrêter. Qui pouvait savoir ce qu'il résulterait de cette arrestation pour Charko et moi-même ! J'entrepris donc d'user de diplomatie avec cette femme, ce qui ne fut pas très difficile. Je l'apaisai, à peu près, grâce à trois bouteilles de vin.

Elle roula par terre parmi les melons et s'endormit. Je fis coucher Charko et le lendemain, dès le petit jour, nous partîmes du village, abandonnant la femme avec les melons.

Abruti par sa saoulerie de la veille, la face boursouflée et froissée, Charko ne cessait pas de cracher et de pousser de profonds soupirs. J'essayai d'entamer la conversation, mais il ne me répondait pas et se contentait de secouer la tête, comme un cheval épuisé.

La journée était chaude, et l'air était imprégné des émanations lourdes du sol détrempé, sur lequel poussait une herbe drue et lourde qui nous arrivait presque à l'épaule. Autour de nous, c'était l'immobilité complète. De la mer, semblable à un velours vert, montaient vers le ciel des parfums âcres si violents qu'ils déterminaient des vertiges.

Afin d'écourter le trajet, nous avions pris un sentier étroit où rampaient de petits serpents rouges qui se tordaient sous nos pas. Une chaîne de montagnes à laquelle le soleil flamboyant donnait des reflets d'argent s'étendait à l'horizon de droite : c'étaient les monts de Daghestan. Le silence ambiant engourdissait l'esprit et incitait aux rêves paisibles. Dans le firmament, des troupeaux de nuages noirs couraient à notre poursuite. Ils se soudèrent les uns aux autres, envahissant tout le ciel derrière nous, tandis que devant nous, l'azur restait clair, simplement taché de quelques lambeaux nuageux, détachés de la masse, qui nous avaient dépassés et nous masquaient un peu du ciel. Dans le lointain on entendait le grondement d'un orage dont les éclats furieux se rapprochaient sans cesse. De larges gouttes de pluie commencèrent à tomber. Quand elles frappaient l'herbe, celle-ci rendait un son métallique.

Aucun refuge ne s'offrait à nous... L'ombre envahit toute la plaine et la plainte de l'herbe se fit plus haute et comme apeurée. Un coup de tonnerre retentit, et les nuages frémirent, déchirés par un éclair bleuâtre. Puis l'obscurité s'étendit à nouveau sur tout et la chaîne des montagnes argentées disparut dans l'ombre. Des torrents de pluie se déchaînèrent, accompagnés des détonations de la foudre qui se succédaient les unes aux autres, formidables, sur la steppe déserte. Sous la rafale du vent et de la pluie, l'herbe se couchait à terre avec un frémissement plaintif. Tout tremblait et palpitait. Des lueurs aveuglantes éventraient les nuages. Leur reflet bleu faisait flamber d'un éclat glacial d'argent la lointaine silhouette des monts qui, lorsque les éclairs s'éteignaient, disparaissait comme engloutie au fond d'un sombre abîme.

C'était un chaos de sons grondants, de frémissements, d'échos répercutant les roulements et leur donnant une vie nouvelle. Cela semblait la purification de la terre souillée par le feu du ciel en fureur, et la terre tremblait de peur devant cette colère déchaînée.

Charko frissonnait et faisait entendre des grognements, comme un chien inquiet. Pour moi, j'éprouvais un sentiment de joie; comme libéré des soucis quotidiens, je considérais cet admirable et tragique tableau de l'orage dans la steppe. Je m'exaltais en face de ce chaos fantastique ; je sentais un peu d'héroïsme envahir mon cœur, et mon âme se complaisait à cette effroyable et sauvage harmonie.

J'éprouvais le besoin d'y participer, de manifester, à ma manière, mon trop-plein d'enthousiasme pour ce principe mystérieux qui triomphait des ténèbres et des nuages. La flamme bleue qui incendiait le ciel me brûlait aussi la poitrine... Mais de quelle façon m'était-il possible de traduire le trouble et l'admiration que faisait naître en moi le sublime spectacle que m'offrait la Nature ?

Je me mis à chanter, à haute voix, de toute ma force. Le tonnerre rugissait, les éclairs scintillaient, l'herbe murmurait... moi, je chantais, me sentant en pleine affinité avec ces bruits divers. Je débordais d'enthousiasme, et cela m'était bien permis puisque cela ne pouvait faire de tort à personne, si ce n'est à moi. J'aurais voulu faire mienne cette splendeur vivante et puissante, cette force qui se déchaînait sur la steppe, m'anéantir en elle. L'ouragan sur la mer, l'orage sur la steppe ! Je ne sais rien de plus grandiose dans la Nature.

Je chantais donc à pleins poumons, absolument convaincu que je ne gênais personne et que personne ne pouvait rien avoir à reprendre à ma conduite. Soudain, je fus brutalement saisi aux jambes et je tombai assis dans une flaque d'eau. Charko, la figure toute proche de la mienne, me regardait, sévère et courroucé.

— Est-ce que tu es fou ? Non ? Alors tais-toi, cesse de crier ! Sinon je t'arracherai le gosier. M'entends-tu ?

Je demeurai stupide, puis je lui demandai en quoi je le gênais.

— Tu m'épouvantes ! As-tu compris ? L'orage rugit... Dieu parle ! et tu oses chanter ! Quelle opinion as-tu donc de toi-même ?

Je lui répondis que j'avais bien le droit de chanter si cela me plaisait, ainsi que lui d'ailleurs.

— Et moi, je ne le veux pas ! déclara-t-il énergiquement.

— Eh bien, ne chante pas ! lui dis-je.

— Toi non plus, ne chante pas ! reprit-il d'un ton furieux.

— Si ! j'ai envie de chanter.

— Ah ça ! à quoi songes-tu ? me demanda-t-il avec colère. Qu'est-ce que tu es ? As-tu un domicile ? as-tu un père ? une mère ? As-tu des parents ? une propriété ? Qu'est-ce que tu es sur la terre ? Tu t'imagines que tu es un homme ! Moi je suis un homme ! moi qui possède tout cela — il se frappa la poitrine — moi, je suis un prince !... mais toi..., toi.,., tu n'es rien du tout. Rien ne t'appartient ! Tu affirmes « Je suis cela ! » Qui peut le prouver ? Moi je suis connu à Koutaïs, à Tiflis. Comprends-tu ? Ne va pas à l'encontre de ma volonté ! Tu me sers, tu seras satisfait ! Je te paierai dix fois le prix de tes services ! Qu'est-ce que tu as fait pour moi ? Il t'est impossible d'agir différemment ; tu déclares toi-même que Dieu ordonne qu'on oblige son prochain sans espoir de récompense ! Pourtant, moi, je te paierai ! De quel droit me tourmentes-tu ? Tu prétends me faire de la morale, m'effrayer ? Tu veux que je sois pareil à toi ! Cela ne doit pas être ! Tu n'as pas le droit de me rabaisser à être ton égal ! Ah ? fi ! fi !...

Il discourait, bafouillait, étouffait, soupirait... Je le considérais fixement, bouche bée de surprise. Il était évident qu'il se soulageait d'un excès d'indignation, de rancœurs et de mécontentement accumulés durant tout notre voyage. Pour mieux me faire comprendre , il m'appuyait le doigt sur la poitrine, me secouait par les épaules, et aux passages les plus sensationnels de sa harangue, il se laissait tomber sur moi de tout son poids. Nous étions inondés de pluie ; le tonnerre faisait rage au-dessus de nos têtes et Charko, pour se faire entendre, hurlait de toute sa voix.

Je saisis tout ce que la situation avait de grotesquement tragique et j'éclatai de rire.

Alors Charko se détourna de moi en crachant de mépris.

IX

Charko se montrait de plus en plus renfermé et taciturne au fur et à mesure que nous approchions de Tiflis. Son visage amaigri, mais toujours aussi impassible, s'était modifié. Un peu avant Wladikavkas, nous rencontrâmes une ferme de Tcherkesses et nous nous fîmes engager pour la récolte du maïs.

Nous travaillâmes deux jours chez ces Tcherkesses qui parlaient à peine le russe, nous raillaient, nous insultaient dans leur patois. Devant l'antipathie grandissante des naturels, nous résolûmes de partir. Nous avions parcouru environ dix verstes lorsque Charko, sortant de dessous sa blouse une pièce de mousseline, la brandit devant moi triomphalement en s'écriant :

— Fini de travailler ! Nous allons vendre

cela et nous achèterons ce qui nous est nécessaire. Nous aurons de quoi aller juqu'à Tiflis. Comprends-tu ?

J'étais comme fou d'indignation. Je lui arrachai la mousseline, je la lançai de côté, et je jetai un regard derrière nous...

Les Tcherkesses n'entendent point la plaisanterie... Quelques jours auparavant, les Cosaques nous avaient raconté l'histoire suivante : un vagabond, en s'en allant d'une ferme où il avait travaillé, avait emporté une cuiller de fer. Les Tcherkesses le rejoignirent, le fouillèrent et trouvèrent l'objet sur lui. Ils ouvrirent alors le ventre du voleur, d'un coup de poignard, ils enfoncèrent la cuiller dans la plaie et s'en furent tranquillement, abandonnant dans la steppe le maheureux que les Cosaques trouvèrent à demi mort. Lui-même leur narra son aventure et expira tandis qu'on le transportait au village. Les Cosaques avaient insisté à plusieurs reprises pour nous conseiller de nous méfier des Tcherkesses, accompagnant ces avis de quelques anecdotes du même genre que la précédente et que je n'avais aucune raison de ne pas tenir pour véridiques.

Je rappelai tout cela à Charko. Il restait devant moi et m'écoutait ; mais soudain, sans un mot, il s'élança sur moi et d'un bond, comme un chat, montrant les dents et les yeux à demi fermés. Durant cinq minutes, nous nous cognâmes dur, puis Charko me cria d'un ton furieux :

— Ça suffit !

Nous demeurions, assis en silence, en face l'un de l'autre et très fatigués tous les deux. Charko eut un regard désolé dans la direction de l'endroit où j'avais jeté sa mousseline rouge et dit enfin :

— A propos de quoi nous sommes-nous battus ? Ah ! fi ! c'est idiot ! Est-ce que c'est toi que j'ai volé ! C'est toi qui travailles... moi je ne puis pas travailler... Alors qu'est-ce que je pouvais faire ? Je voulais te venir en aide... Tsé ! tsé !

Je m'efforçai de lui faire comprendre tout ce qu'il y a de honteux dans le vol.

— Ah ! tais-toi, je t'en supplie, me dit-il d'un ton méprisant, puis il s'expliqua :

— Tu as la tête dure comme une souche ! Si tu te sentais près de mourir, tu volerais bien, n'est-ce pas ? Or, ceci est-il une existence ? Ah ! tais-toi !

Ne voulant pas réveiller sa fureur, je me tus. C'était la seconde fois qu'il volait. Une fois déjà, alors que nous étions sur les côtes de la mer Noire, il avait pris à des pêcheurs grecs une petite balance portative. Ce jour-là, également, nous avions été sur le point d'en venir aux mains.

Lorsque nous eûmes, l'un et l'autre, retrouvé notre calme, et que, reposés, nous eûmes fait la paix :

— Allons ! dit-il, marchons.

Nous reprîmes notre route. De jour en jour, Charko se faisait plus ténébreux ; il me jetait des regards étranges et sournois. Comme nous venions de franchir les gorges du Darial et que nous descendions la vallée du Goudaour, il me dit :

— D'ici un jour ou deux, nous serons à Tiflis... Il fit claquer la langue : « Tsé ! tsé ! » et parut tout joyeux. Il reprit :

— J'arriverai à la maison. « Où as-tu été ? » — « J'ai voyagé. » J'irai prendre un bain. Je mangerai beaucoup, ah ! oui, beaucoup ! Je dirai à ma mère : « J'ai grand' faim ! » et à mon père : « Pardonne-moi ! j'ai eu bien de la misère, j'ai vu bien des choses très différentes ! Les va-nu-pieds sont de bons diables. » Quand j'en rencontrerai un, je lui ferai cadeau d'un rouble, je le mènerai dans un cabaret et je lui dirai : « Bois du vin ; moi aussi j'ai été un vagabond. » Puis je parlerai de toi à mon père : « Vois cet homme, il a été pour moi comme un frère aîné. Il m'a fait de la morale ! Il m'a battu, l'animal !... Maintenant, lui dirai-je, c'est à ton tour de le nourrir pendant un an ! Un an au moins. » M'entends-tu, Maxime ?

J'étais heureux de l'entendre parler de la sorte. Il y avait en lui, à ce moment, quelque chose de simple et de naïf. En outre, ses déclarations me plaisaient d'autant plus que je n'avais aucune relation à Tiflis et que l'hiver était proche ; déjà les premières rafles nous avaient éprouvés, en descendant le Goudaour... Charko m'inspirait une certaine confiance.

Nous hâtions notre marche. Voici Mschet, l'ancienne capitale de l'Ibérie. Demain nous serons à Tiflis...

D'une distance de cinq verstes environ, j'aperçus dans le lointain la capitale du Caucase, encaissée entre deux montagnes. C'était le terme du voyage !

Je me sentais vaguement heureux ; Charko paraissait indifférent. Il fixait devant lui des regards hébétés, crachait de temps en temps comme un homme qui a faim et grimaçait de douleur, continuellement, et se tenant le ventre ; il avait commis l'imprudence, en route, de cueillir et de manger des carottes crues, en quantité excessive.

— T'imagines-tu que moi, un prince géorgien, je vais rentrer dans ma ville, en plein jour, dégoûtant et déguenillé comme je le suis ? Non, nous attendrons le soir. Arrêtons-nous.

Nous fîmes halte contre le mur d'un bâtiment inoccupé ; nous roulâmes l'un et l'autre une dernière cigarette et nous nous mîmes à fumer, tout en grelottant. Un vent violent et coupant balayait la route stratégique de Géorgie. Charko, assis, fredonnait entre ses dents un refrain mélancolique... Moi, je rêvais d'une chambre chaude et des autres avantages d'une existence rangée sur une existence vagabonde.

— Allons dit Charko, d'un air résolu, en se mettant debout.

Le jour était tombé. Des lumières brillaient dans la ville. Le spectacle était joli : les uns après les autres des feux surgissaient on ne savait d'où, trouant l'obscurité dans laquelle était plongée la vallée où la cité était cachée.

— Ecoute ! Donne-moi ton bachlik pour me cacher la figure. De cette façon, mes amis ne me reconnaîtront peut-être pas !

Je lui donnai mon bachlik. Nous étions dans la rue Olginskaïa ; Charko sifflait avec assurance.

— Maxime ! Tu vois là-bas la station des tramways et le pont ? Vas-y ! attends-moi ! attends-moi, je t'en prie ! Je vais aller dans une maison, demander à un ami des nouvelles de mes parents, de mon père, de ma mère..

— Tu ne seras pas longtemps ?

— Une minute !... Je reviens !...

Il pénétra dans une ruelle étroite et sombre et y disparut... pour toujours.

Jamais plus je ne revis cet homme qui avait été mon compagnon durant près de quatre mois de ma vie ; mais il m'arrive souvent de penser à lui sans rancune et avec un rire joyeux.

Par lui, j'ai appris bien des choses qu'on n'apprend pas dans les plus gros livres écrits par les sages, parce que la philosophie de la vie est toujours plus profonde et plus large que la philosophie des hommes.

GRAND-PÈRE ARKHIP ET LENKA

Etendus tous deux à l'ombre au bord du fleuve, ils attendaient le radeau... Depuis longtemps, en silence, ils regardaient bouillonner à leurs pieds les vagues rapides et vaseuses du Kouban. Lenka sommeillait tandis qu'Arkhip, le grand-père, cherchait vainement à s'endormir, à tel point était aiguë et persistante la souffrance qui lui déchirait la poitrine.

Se détachant de la masse brune de la terre, leurs faces apparaissaient deux choses lamentables, pitoyables et grimaçantes, l'une plus grande, l'autre plus petite, mais un même hâle de poussière souillait leurs visages, et sous les meurtrissures de la fatigue et de la chaleur, ces figures humaines avaient revêtu une teinte semblable à celle des guenilles dans lesquelles ils se drapaient.

Maigre et long, le grand-père Arkhip s'était allongé sur l'étroite bande sablonneuse qui courait le long de la berge comme un ruban rougeâtre entre le fleuve et le talus. Lenka, petit et chétif, roulé en boule, à ses côtés, dans ses vêtements en loques, évoquait près de son grand-père, l'idée d'une branche rabougrie détachée d'un vieil arbre que les flots puissants et froids auraient roulée dans leurs plis et abandonnée sur le sable.

Soulevant la tête appuyée sur son bras, le grand-père fixait la berge opposée, inondée de soleil et bordée de roseaux entre lesquels apparaissait la ligne sombre du radeau. Tout semblait mélancolique et désolé.

La route, ainsi qu'un ruban gris aboutissant au fleuve, se perdait dans les lointains de la steppe. Elle était si longue, si poussiéreuse que le grand-père en concevait une inquiétude. Les yeux mornes et irrités du vieillard Arkhip clignotaient, pleins d'anxiété, sous leurs paupières rouges et tuméfiées. Une tristesse immense, presque une angoisse, se lisait sur sa face ridée. Il toussait... Avec un regard inquiet pour son fils, il porta la main à sa bouche. Sa toux était rauque, déchirante. Le grand-père dut se soulever... Des larmes roulèrent de ses yeux.

L'immense silence de la steppe, flamboyante dans l'ardeur du soleil, n'était troublé que par cette toux et par le bruissement soyeux des flots. La plaine se prolongeait sur les deux rives du fleuve, très loin, et tout là-bas, à l'horizon à peine visible pour les regards fatigués du grand-père, ondulait lentement l'océan doré des blés mûrs, dans l'éblouissement lumineux du ciel clair. Non loin, trois peupliers érigeaient leurs silhouettes frêles et qui semblaient se modifier d'instant en instant, tantôt plus grandes, tantôt plus petites ; enfin, tout là-bas, le ciel et les champs de froment paraissaient se confondre en un large mouvement de houle.

Puis, d'un seul coup, tout cela s'évanouissait, enseveli sous l'éclatant mirage de la steppe. On eût dit un voile transparent et clair, dont les ondulations seraient venues des confins de l'horizon jusqu'à la berge du fleuve. Il semblait lui-même un fleuve qui se serait subitement abaissé de la voûte du ciel, un fleuve aussi limpide que le ciel lui-même et qui serait venu apporter un peu de fraîcheur à la steppe brûlante comme une fournaise.

Puis tout disparaissait bientôt.

En présence de ce phénomène inconnu de lui, grand-père Arkhip, originaire de la Grande Russie, et qui jamais au cours de sa jeunesse n'avait mis les pieds dans la steppe où la faim le conduisait aujourd'hui, grand-père Arkhip se frottait les yeux. Il songeait tristement que la chaleur de ce désert perdait sa vue après avoir détruit toute la vigueur de ses jambes incapables de lui permettre, comme jadis au pays natal, des étapes de trente verstes par jour ; c'était à peine, maintenant, s'il en pouvait faire la moitié.

Ce jour là, plus encore que les jours précédents, il se sentait malade, épuisé. Il comprenait que la fin était proche et bien que cette idée ne l'épouvantât pas, bien qu'il considérât la mort comme une fonction normale de la nature, il aurait souhaité mourir au pays qui l'avait vu naître, là-bas, dans le gouvernement d'Orel... Puis, la pensée de son petit-fils le torturait beaucoup. Que deviendrait Lenka lorsque lui serait mort ?

Chaque fois qu'il se posait cette question — et cela lui arrivait plusieurs fois par jour — il sentait en lui quelque chose qui se serrait, tandis qu'un frisson lui passait dans tout le corps. Alors, il éprouvait un tel malaise, une souffrance si aiguë qu'il eût voulu, sur-le-champ, retourner en Russie. Mais il se remémorait la Crimée, les steppes dévastées, les paysans brutaux et insolents, leurs chiens énormes et féroces, les Tartares grossiers et cupides, et aussi certaine aventure qui lui était survenue à Taman et qui avait failli les faire mettre en prison, Lenka et lui...

— Retourner si loin, en Russie ?... Mais jamais il n'y parviendrait... La mort le surprendrait en chemin. Du moins, ici, au

Kouban, on lui faisait généreusement l'aumône. Le peuple était railleur et rude, mais il était assez fortuné. On évitait de laisser les vagabonds mendier parce qu'on était riche... Ici l'on trouverait peut-être quelque chose pour Lenka. L'enfant n'était pas plus orphelin ici que là-bas, au pays natal...

Le grand-père, les yeux humides de larmes, regarda son petit-fils, et de sa main calleuse lui caressa légèrement la tête.

L'enfant releva vers le vieillard sa figure menue, au nez pointu, aux lèvres minces, anémiées, que la chaleur et le vent de la steppe avaient gercées profondément. Ses grands yeux d'un bleu profond, où brillait une pensée perpétuelle, paraissaient plus larges encore dans sa petite face chétive et marquée de la petite vérole :

— Vient-il ? interrogea l'enfant. Il se couvrit les yeux de sa main pour mieux voir et fixa le fleuve où miroitait le soleil aveuglant.

— Non ! il ne bouge toujours pas ! se répondit-il à lui-même. Il reste à la même place. Qu'est-ce qu'il viendrait faire ici ?

— Personne ne le hèle ; il reste tranquille, déclara doucement Arkhip qui continuait à caresser la tête de son petit-fils. As-tu dormi un peu ?

Lenka eut un hochement vague de la tête et s'allongea sur le sable. Le silence se prolongea quelques instants.

— Si je savais nager, j'aimerais me baigner, dit Lenka, le regard fixé sur le fleuve. — Sa voix était étrangement grave et monotone. — Le courant est trop rapide. Il n'y en a pas de semblable chez nous ! Pourquoi se dépêche-t-il de la sorte ? Il se hâte, comme s'il craignait d'être en retard.

Lenka se détourna de l'eau, avec un air mécontent.

— Voilà ce que l'on pourrait faire, répondit le grand-père, après une minute de réflexion. Retirons nos ceintures, attachons-les l'une à l'autre, je te tiendrai par la jambe et tu pourras ainsi t'aventurer dans le fleuve.

— Penses-tu ! repartit Lenka. Il n'est pas bien bon ton moyen. Crois-tu que le fleuve, rapide comme il est, ne t'entraînerait pas... Nous nous noierions tous les deux.

— Là, tout près de la berge ! Mais, au fond, tu as peut-être raison. Il nous entraînerait ! Quel courant ! Certainement il débordera au printemps... Et il y en a des prairies, ici, des plaines sans limites.

Mais Lenka en avait assez de parler : il ne répondit pas à son grand-père. Il prit entre ses doigts une petite motte de terre, et, conservant son air habituel sérieux et pensif, il réduisit en poussière cette boule argileuse.

Clignant des yeux, perdu dans ses pensées, le grand-père le regardait agir.

— C'est étrange, reprit doucement Lenka, de sa voix monotone, en secouant la poussière qui emplissait ses mains. J'ai saisi cette terre, je l'ai écrasée et elle s'est convertie en une poussière dont on distingue à peine les morceaux minuscules.

— Eh bien ! qu'y a-t-il en cela de si singulier ? demanda Arkhip.

Il se mit à tousser et, à travers ses larmes, il regardait briller les grands yeux de l'enfant dans son minois chiffonné et maigriot.

— Pourquoi me parles-tu de cela ? reprit-il, quand sa toux fut calmée.

— Voilà ! dit Lenka en hochant la tête. Je t'en parle parce que... c'est tout à fait... ce que je...

De la main, il montra la rive opposée du fleuve.

— Combien de maisons ont été construites là-dessus ! Que de villes nous avons traversées ensemble ! C'est stupéfiant ! Et il y a des hommes partout.

Sa pensée lui échappait à lui-même... Lenka retomba dans sa méditation, les yeux fixes, dans le vide. Après un instant de silence, le grand-père s'approcha de l'enfant, très près, et lui dit doucement :

— Tu es un sage ! et tu parles justement : tout est poussière ! Les villes, les hommes, nous deux : poussière ! Ah ! mon Lenka, mon Lenka bien-aimé ! que ne sais-tu lire et écrire : tu eusses fait ton chemin. Tu as autant de raisonnement qu'un vieillard. Mon pinson, mon petit oiseau du bon Dieu ! que vas-tu devenir ?

Le grand-père, serrant contre lui la tête de son petit-fils, l'embrassa.

— Laisse, cria vivement Lenka, en dégageant ses cheveux blonds comme le lin des doigts noueux et tremblants du grand-père. Qu'est-ce que tu dis ? Tu prétends que les villes et tout ce qui les entoure ne sont que poussière ?

— C'est Dieu qui a tout décidé ainsi, ma colombe. Tout est fait du limon de la terre et la terre elle-même n'est autre chose que de la poussière. Tout meurt ici bas ! C'est ainsi ! Aussi l'homme doit-il vivre dans le travail et la simplicité ! Pour moi, je mourrai avant longtemps ! Que vas-tu devenir ? termina-t-il mélancoliquement.

Cette dernière phrase, Lenka l'entendait souvent... Elle l'importunait en le faisant penser à la mort. Il tourna la tête, arracha un brin d'herbe, le prit dans sa bouche et se mit à le mâcher sans hâte. Mais c'était le sujet de conversation favori du grand-père, la plaie toujours ouverte en son cœur.

— Pourquoi ne me réponds-tu pas ? répéta-t-il avec douceur en s'inclinant vers l'enfant. Que feras-tu, moi disparu ?

— Mais je te l'ai déjà dit, répondit Lenka d'un ton ennuyé et distrait, tout en jetant un regard oblique au vieillard. Ces dialogues lui déplaisaient, car bien souvent une querelle en était la conclusion.

Le grand-père se laissait aller à de longues dissertations sur sa fin prochaine. Au début, Lenka lui prêtait une oreille attentive et s'attendrissait sur la situation nouvelle qui l'attendait, se mettait à larmoyer. Mais peu à peu, cet entretien la lassait. Une réaction inéluctable se produisait : il n'écoutait plus le grand-père et demeurait plongé dans ses pensées. Lorsque l'aïeul s'en apercevait, il s'emportait et déclarait à Lenka : « Niais, tu ne me sais pas gré des tracas que je me fais pour toi. » Il reprochait même à Lenka de souhaiter sa prompte disparition,

— Que dis-tu ? Petit sot, tu n'es pas capable de comprendre la vie. Quel âge as-tu? Onze ans à peine. Tu es chétif, inapte au travail. Où iras-tu ? Espères-tu que quelqu'un te viendra en aide ? Sûrement, si tu possédais de l'argent, tu trouverais quelqu'un pour le dépenser avec toi. Mais mendier n'est point une chose plaisante, même pour un vieillard comme moi. Il faut s'incliner, supplier chaque passant... On t'insulte, parfois on te frappe, on te chasse... Penses-tu que l'on estime que le mendiant est un homme ? Jamais ! j'en sais quelque chose, depuis dix années que je vagabonde de tous côtés. Chaque morceau de pain qu'on te donne, on l'estime mille roubles. L'aumône qu'on te jette, doit, s'imagine-t-on, ouvrir les portes du paradis. Sais-tu pourquoi les hommes font l'aumône ? Non pas par bonté, mon ami, mais pour se mettre en paix vis-à-vis de leur conscience. Quand ils t'ont donné un croûton, ils peuvent, sans honte d'eux-mêmes manger à leur aise. L'homme repu est une brute incapable de pitié pour l'homme qui a faim, parce que les souffrances de celui-ci demeurent pour lui incompréhensibles. L'homme repu et l'homme affamé sont deux ennemis, car toujours ils constitueront un obstacle l'un pour l'autre. Il leur est donc impossible de concevoir de la pitié ou de se comprendre mutuellement. Le mendiant, aux yeux du rassasié, n'est qu'un peu de boue sur sa route...

Le grand-père s'exaltait sous l'influence de la colère et de la tristesse. Un tremblement agitait ses lèvres et il roulait terriblement ses yeux ternes de vieillard dans les orbites rouges des paupières. Sur sa face parcheminée des rides se creusaient plus profondément.

Lenka n'aimait pas à le voir dans cet état qui lui faisait peur.

— Voilà pourquoi je te demande ce que tu feras dans la vie. Tu es un bambin malingre et le monde est un monstre féroce ; il ne fera de toi qu'une bouchée. Voilà ce que moi je veux empêcher. Je t'aime, mon petit enfant, je n'ai que toi et tu n'as que moi. Ai-je le droit de mourir ? Je ne puis pas partir en te laissant seul... A qui te confierais-je ? Mon Dieu, pourquoi te détournes-tu de ton serviteur ? L'existence m'est à charge et pourtant je ne puis mourir à cause de l'enfant... C'est mon devoir de le défendre... Depuis sept ans qu'il est avec moi, je l'ai bercé de mes vieilles mains... Que Dieu me soit secourable !

Le grand-père s'assit et se mit à pleurer, la tête entre ses genoux tremblants. Des sanglots convulsifs montaient de sa poitrine oppressée et secouaient ses épaules.

Le fleuve au courant rapide fuyait vers l'horizon et sautait avec bruit contre la berge. On eût dit qu'il voulait, de sa voix grave, étouffer les pleurs du vieillard. Le soleil, dans le ciel sans nuage, flamboyait, jetant une gaieté rieuse, une tiédeur paisible et douce qui endormait la rumeur des flots agités.

— Ah ! ça suffit ! ne geins pas davantage, grand-père ! dit rudement Lenka ; il s'approcha du vieillard, et l'air boudeur et mécontent, il ajouta : Tout cela, nous l'avons rabâché ! Je ne serai pas perdu ! Je me placerai dans un restaurant quelconque.

— On te battra, gémit le grand-père en larmoyant.

— C'est probable, mais il y a des chances pour que l'on ne m'assomme pas, s'écria violemment Lenka. Et du moment qu'on ne me tuera pas, alors... quoi ? Alors je ferai mon chemin, je saurai bien me sortir d'embarras.

Il se tut brusquement, réfléchit un instant, puis reprit à voix basse :

— Si c'est nécessaire, j'entrerai dans un couvent.

— Si tu peux y entrer !... soupira le grand-père que cette pensée ranima. Une nouvelle quinte de toux suffocante le secoua tout entier.

Un cri, un bruit de roues grinçantes résonnèrent au-dessus de leurs têtes. Une voix puissante déchira l'air.

— Le radeau ! le radeau ! appelait-elle.

Le vieillard et l'enfant sursautèrent. Ils se mirent debout rapidement et ramassèrent leurs sacs et leurs bâtons.

Une charrette à deux roues s'avançait avec un bruit aigu en s'enfonçant dans le sable.

Un cosaque y était, debout, rejetant en arrière sa tête coiffée d'un bonnet à poil qu'il portait sur l'oreille. Il se disposait à renouveler son appel et aspirait l'air, la bouche grande ouverte, la poitrine largement gonflée. Ses dents blanches brillaient dans le cadre de sa barbe noire et soyeuse et le sang injectait ses yeux démesurément ouverts par l'effort. Sa chemise qui bâillait, son manteau ample jeté négligemment sur ses épaules, laissaient apercevoir un corps couvert de poils et brûlé par le soleil. Une impression de santé, de force et de puissance se dégageait de toute sa personne, énergique comme un cheval de trait, solide comme les roues cerclées de fer de sa charrette.

— Ohé ! ohé ! cria-t-il.

Le grand-père et le petit-fils retirèrent leur bonnet et s'inclinèrent très bas.

— Bonjour ! leur cria le nouveau venu d'une voix formidable.

Il interrogea des yeux la rive opposée et, ayant vu le radeau noir quitter lentement et gauchement les roseaux, il se tourna vers les vagabonds.

— Vous venez de la Russie ?

— Oui, bienfaiteur de la Russie, répondit Arkhip avec un salut.

— On y souffre de la famine, hein ? Il sauta hors de la voiture et se mit à rattacher un des traits de son attelage.

— Les blattes elles-mêmes y crèvent de faim...

— Les blattes ? ah ! ah ! Il n'y a donc plus de miettes, tout est bouffé ! Vous êtes bons pour manger, vous autres, mais pour travailler c'est une autre histoire ! Car la famine n'existe pas pour le travailleur acharné.

— Ah bienfaiteur ! chez nous la terre est la cause véritable de notre misère. Elle s'entête à ne rien produire. On lui a déjà tant pris.

Le Cosaque branla la tête :

— La terre ? La terre doit produire sans cesse... C'est dans ce but qu'elle a été donnée aux hommes. Ce qui est mauvais, chez nous, ce n'est pas la terre, mais les mains. Quand les mains sont expertes, elles feraient produire quelque chose aux rochers eux-mêmes. As-tu quelquefois été sur l'autre côté de la mer Noire ? Dans ce pays-là, grand-père, on laboure le roc...

Le radeau approchait... Deux Cosaques robustes, à la face rubiconde, s'arc-boutaient tranquillement de leurs pieds larges sur le plancher du bac. Ils touchèrent la rive violemment, titubèrent, jetèrent l'amarre, se regardèrent et commencèrent par respirer.

— Il fait chaud ! dit le propriétaire de la voiture. Il porta la main à son bonnet et fit avancer son attelage sur le radeau.

— Hé ! hé ! répondit un des nautoniers. Il mit ses mains dans les poches profondes de son pantalon, s'approcha de la charrette, l'examina, tout en respirant à pleins poumons. L'autre, assis sur le plancher, gémit et se mit en devoir de retirer sa botte.

Le grand-père et Lenka prirent place sur le radeau, s'appuyèrent contre le rebord et regardèrent les Cosaques.

— Partons ! ordonna le propriétaire de la charrette.

— Est-ce que tu as quelque chose à boire ? interrogea l'homme qui examinait l'attelage.

Celui qui s'escrimait après sa botte parvint enfin à la retirer et, fermant à demi les yeux, regarda avec une attention soutenue l'intérieur de la tige.

— Non, je n'ai rien ! Mais pourquoi me demander cela ? N'y a-t-il pas assez d'eau pour toi dans le Kouban ?

— De l'eau ! ce n'est pas de l'eau que je te demande.

— Ah ! tu voudrais de l'eau-de-vie ! je n'en ai pas.

— Pourquoi n'en as-tu pas ? reprit tristement le quémandeur, les yeux fixés sur le plancher du radeau.

— Partons !

Le Cosaque entreprit de remettre sa botte. L'autre, ayant craché dans ses mains, hala sur la corde. Le propriétaire de la charrette lui vint en aide, le bac démarra.

— Eh dis donc ! toi ! le grand-père, tu ne pourrais pas nous aider ? dit à Arkhip le passeur qui voulait de l'eau-de-vie.

— Mais je n'en ai pas la force ! répliqua Arkhip en secouant la tête d'un air lamentable.

— Ce n'est pas la peine de les aider. Ils

s'en tireront bien tout seuls, dit le Cosaque qui avait eu des démêlés avec sa botte.

Et pour convaincre le grand-père de la véracité de cette affirmation il s'allongea sur le plancher du radeau. Son camarade lui lança une bordée d'injures ; puis, devant le mutisme de l'autre, il se mit à trépigner.

— Regarde, Lenka, combien ces hommes sont gras et rassasiés de tout. Ce pays est un paradis pour l'homme qui vit de la terre, murmurait Arkhip penché sur Lenka. Celui-ci regardait, par-dessus le bord, courir l'eau.

Sous l'action incessante du courant qui le heurtait avec un bruit étouffé, le radeau dérivait, oscillait et avançait avec beaucoup de peine.

— Quel pourceau ! répétait tout bas le grand-père. Il prétend que ce sont les mains qui sont mauvaises, non pas la terre ! Mais lui-même n'a jamais su ce que c'était que le travail ! Ah ! pourquoi Dieu accorde-t-il tant aux uns et si peu aux autres ?

Il se tut un instant, comme dans l'attente

d'une réponse de Lenka. Puis il ajouta lui-même :

— Pour éprouver l'âme ! L'âme révoltée marchera vers la mort sans connaître, durant la vie, nul plaisir et nulle tranquillité.

Lenka, qui fixait toujours le flot, sentait la tête lui tourner ; ses yeux lassés de cette fuite rapide du courant se fermaient comme si ses paupières se fussent collées l'une à l'autre. Les paroles que lui murmurait le grand-père d'une voix assourdie, le grincement du câble et le clapotis de l'eau sautante, augmentaient sans cesse en lui un engourdissement ; à demi assoupi par le sommeil, il voulut s'allonger contre le rebord du radeau, mais tout d'un coup il ressentit un choc qui lui fit perdre l'équilibre et il tomba. Il ouvrit les yeux tout grands et jeta un regard autour de lui. Les Cosaques s'esclaffaient et amarraient le bac à la berge, contre une bûche brûlée.

— Tu as dormi ? Tu es si faible ! Monte dans la charrette ; je te porterai jusqu'au village. Monte aussi grand-père, à côté de moi.

Le grand-père, d'une voix chevrotante et

nasillarde, remercia le Cosaque et grimpa dans la voiture en gémissant. Lenka à son tour l'escalada, puis ils partirent à travers un nuage de poussière fine et noire qui provoquait chez le grand-père une toux ininterrompue.

Ce Cosaque commença une chanson étrange ; il coupait les notes en deux et les terminait en sifflant ; d'autres fois il entonnait un air par un récitatif, puis, s'interrompant brusquement, reprenait autre chose d'une voix de fausset suraiguë. Il dévidait des sons comme on dévide un écheveau ; lorsqu'il trouvait un nœud, il le rompait brutalement. Il y avait une harmonie extraordinaire entre cette chanson et la steppe immense, monotone, que coupaient de-ci de-là des mirages flottant dans l'air.

Les roues grinçaient plaintivement ; des tourbillons de poussière voltigeaient ; le grand-père, hochant la tête, toussait sans répit. Lenka songeait que l'on serait bientôt au village cosaque et qu'il allait falloir nasiller sous les fenêtres la sempiternelle chanson « Dieu Jésus-Christ... » Les gosses du hameau allaient encore le taquiner et les femmes l'importuner de questions sur la Russie et sur un tas de choses. Tandis qu'il répondrait, la toux du grand-père se ferait plus opiniâtre ; il courberait la tête si bas que Lenka lui-même en était quelquefois effrayé et sa voix se ferait alors plus désespérée encore que de coutume, coupée de sanglots incessants, cependant qu'il narrerait des aventures tout à fait invraisemblables.

Ne raconte-t-il pas, notamment, qu'en Russie, la famine ronge chaque individu au point que les hommes tombent morts dans les rues et y restent des journées entières, personne ne s'occupant d'enterrer les trépassés. En réalité, chose pareille ne s'était jamais produite !

Cependant, il faut bien conter ces balivernes pour que l'aumône se fasse plus facilement. Mais ici, d'ailleurs, que pourra-t-on faire de l'aumône reçue en nature ? En d'autres lieux, on trouve à la vendre pour 40 à 50 kopecks le poude [1]. Dans cette ré-

1. Le poude vaut 16 kg. 500.

gion, personne ne veut l'acheter, et bien souvent il faut jeter des morceaux excellents. Pourquoi donc le grand-père se hâte-t-il ainsi d'aller d'un village à un autre ? Il pourrait bien séjourner une semaine dans chaque bourg !... Mais non ! il arrive, fait sa tournée, recueille le plus qu'il peut et se sauve plus loin, comme s'il était un voleur traqué.

Un jour Lenka l'avait questionné à ce propos. Le vieillard lui avait répondu avec tristesse et un peu de mécontentement. « Tu es un nigaud, tais-toi ! tu es incapable d'apprécier le souci que je me fais pour toi. Tu ne peux pas savoir ce que je veux. C'est ton bonheur que je cherche ! Je parviendrai peut-être à t'éviter la vie désastreuse des paysans. Ainsi donc, tais-toi ! »

— Vous allez mendier ? interrogea le Cosaque en considérant attentivement leur mine désolée.

— Evidemment, bienfaiteur, soupira le grand-père Arkhip.

— Mets-toi debout, grand-père ; je vais

te montrer ma demeure. Vous pourrez venir y coucher.

Le vieillard fit un effort pour se redresser, mais il retomba ; il se cogna le flanc contre le bord de la charrette et poussa un cri douloureux.

— Reste assis, vieux ! reprit le Cosaque en s'apitoyant. Si jamais tu as besoin d'un abri, demande Tcherni, André Tcherni, c'est mon nom ! Maintenant, descends et au revoir.

Le grand-père et Lenka étaient devant un groupe de peupliers. A travers les branches, on apercevait les toits des clôtures en planches ; de tous côtés, de droite et de gauche, des allées de peupliers. Une fine poussière grisâtre saupoudrait leurs feuilles vertes et la chaleur avait fait éclater l'écorce épaisse de leurs troncs forts et droits.

Une ruelle étroite bordée de palissades s'ouvrait devant les vagabonds. C'était par là que s'en était allé le Cosaque qui les avait amenés.

Ils se mirent en marche vers cette ruelle,

avec l'allure épuisée de gens qui auraient usé leur vie à courir les routes.

— Allons! comment ferons-nous, Lenka? interrogea le grand-père. Irons-nous ensemble ou chacun de notre côté ?

Et, sans attendre de réponse, il reprit :

— Il serait préférable d'aller ensemble On te donne si peu ! Tu ne t'y entends pas à mendier !

— Et qu'est-ce qu'on fera du trop si on nous donne beaucoup ? On ne peut cependant pas tout manger, répliqua Lenka en regardant autour de lui d'un air grognon.

— Ce que nous en ferons, petit phénomène ? Nous trouverons peut-être quelqu'un pour nous acheter ces réserves ; il nous donnera de l'argent. L'argent est une chose bien précieuse. Avec de l'argent, tu te tireras d'affaire lorsque je serai mort.

Avec un bon sourire, le grand-père passa la main sur la tête de l'enfant.

— Sais-tu combien j'ai amassé pendant notre dernier voyage par eau ?

— Combien ? demanda Lenka d'un ton indifférent.

— Onze roubles et demi... N'est-ce pas beau ?

Mais ni le chiffre, ni la joie du grand-père ne déridèrent Lenka.

— Enfant ! petit enfant ! soupira le vieillard. Alors nous allons chacun de notre côté ?

— Chacun de notre côté.

— Soit ! Nous nous retrouverons à l'église.

— C'est entendu.

Le grand-père tourna à gauche de la ruelle. Lenka s'en fut tout droit.

Il n'avait pas fait dix pas qu'il entendit une voix cassée qui chevrotait : « Bienfaiteur, petit père nourricier... » Cette lamentation semblait produite par le frottement de la main sur une harpe désaccordée, en allant de la corde la plus grosse à la plus fine. Lenka tressaillit et se hâta davantage.

Ces plaintes de son grand-père éveillaient toujours en l'âme de l'enfant un sentiment désagréable qui l'attristait. Lorsque le vieillard, pour une aumône qu'on lui refusait, éclatait en sanglots, Lenka sentait tout courage l'abandonner.

La voix de l'aïeul lui parvint encore en notes désolées et chevrotantes, dans l'éloignement du village, à travers l'air assoupi et lourd. Le calme était si complet qu'on eût dit la nuit.

Lenka se mit à marcher le long des buissons qui bordaient la route, puis s'assit à l'ombre de cerisiers dont les branches pendaient jusqu'à terre. Dans le voisinage, une abeille bourdonnait.

Il retira de ses épaules sa besace et s'y appuya la tête. Un instant il contempla le ciel par les interstices des feuilles qui abritaient son visage, puis il s'endormit d'un sommeil profond, protégé des regards des passants par les herbes hautes et épaisses et par l'ombre que projetaient les grilles des clôtures.

Il fut réveillé par un bruit singulier qui troublait l'air plus frais à l'approche du crépuscule. Quelqu'un pleurait à quelque distance de lui. C'étaient des sanglots d'enfant, désolés et contenus. Les gémissements s'apaisaient, puis reprenaient plus violents et de plus en plus rapprochés. Il leva la tête et inspecta la route à travers le feuillage.

Il vit une jolie fillette d'environ sept ans, proprement habillée, à la face rougie et boursouflée par les larmes. De temps en temps, elle les essuyait du bas de sa robe d'indienne blanche. Elle allait lentement, les pieds traînants, soulevant une poussière dense et ne sachant pas, certainement, ni où elle allait ainsi, ni même pourquoi elle marchait.

Dans ses grands yeux noirs humides, on lisait une sorte de tristesse navrée. Ses oreilles, petites, délicates et rosées sortaient coquettement de la masse de ses cheveux bruns, dont les boucles mal contenues retombaient sur son front, sur ses joues et sur ses épaules.

En dépit de ses larmes, Lenka la trouva amusante, amusante avec un air de gaîté... Evidemment elle devait être mutine.

— Pourquoi pleures-tu ? lui demanda-t-il en se redressant quand elle fut tout près de lui.

Elle sursauta, s'arrêta, cessa de pleurer tout haut, mais continua à sangloter silencieusement. Elle le fixa quelques instants, puis, à nouveau, ses lèvres s'agitèrent, ses traits se contractèrent comiquement, un sanglot souleva sa poitrine, et elle se remit en marche en pleurant bruyamment. Lenka eut l'impression que quelque chose se serrait en lui et résolut de la suivre.

— Ne pleure donc pas, reprit-il avant même de l'avoir rattrapée. Tu n'as pas honte ! une grande fille comme toi !...

Quand il fut à côté d'elle, il la dévisagea, haussa les épaules d'un air important, puis redemanda :

— Eh bien ! qu'as-tu donc à tant larmoyer ?

— Ah ! oui ! dit-elle d'un ton traînant, si tu avais du chagrin comme moi !...

Elle tomba assise sur la route, dans la poussière, se cacha la figure dans les mains et se mit à pleurer désespérément.

Lenka eut un geste de mépris.

— Ah ! dit-il, tu n'es qu'une femme, rien qu'une femme, voilà tout !

Mais cette déclaration n'apportait aucun remède aux choses et Lenka regardait tomber les larmes une à une à travers les doigts fuselés et roses de la petite fille ; cela l'attristait lui-même et lui communiquait une furieuse envie de pleurer à son tour. Il se pencha vers elle et, de la main, il caressa doucement ses cheveux ; puis aussitôt, comme effrayé de son audace, il retira la main.

Cependant elle continuait à pleurer sans mot dire.

— Ecoute ! reprit Lenka envahi d'un désir ardent de lui venir en aide. Ecoute ! dis-moi pourquoi tu pleures... Est-ce qu'on t'a battue ? Ah bah ! cela passera... As-tu quelque chose autre ? Dis-le moi... je t'en prie... cela te soulagera, tu verras. Peut-être as-tu perdu quelque chose ? En ce cas nous pourrions le chercher tous les deux...

Sans retirer ses mains de sa figure, la petite fille secoua la tête d'un air navré et lui répondit en sanglotant :

— C'est un fichu !... je l'ai perdu... Mon père me l'avait rapporté de la foire... un fichu bleu avec des fleurs... je l'ai mis et je l'ai perdu.

Elle se remit à pleurer plus fort, entrecoupant de temps en temps ses sanglots d'exclamations étouffées.

— Oh ! oh ! oh !

Lenka, comprenant qu'il ne pouvait lui être d'aucun secours, s'écarta un peu d'elle, avec timidité, et pensif et triste, s'absorba dans la contemplation du ciel. Il était mal à l'aise et avait pitié de l'enfant.

— Ne pleure pas, dit-il tout bas. On va le retrouver peut-être.

Il vit qu'elle ne prêtait plus aucune attention à ses paroles consolatrices ; il s'écarta d'elle un peu en songeant que, sans doute, à son retour au logis, elle serait battue pour cette mésaventure. Il évoqua la scène dans son esprit : le père, Cosaque noir et puissant, la frappait, tandis qu'elle-même, tremblante et pleurant à chaudes larmes, se roulait à ses pieds, pleine de terreur et de douleur.

Lenka s'éloigna, triste et mécontent de se sentir impuissant à lui venir en aide ; il fit quelques pas, se retourna, et, s'appuyant à la haie, vis-à-vis d'elle, s'efforça de trouver des phrases affectueuses et douces pour lui parler ; mais aucune expression de ce genre ne lui venait à l'idée.

— Au moins, fillette, lève-toi de la route. Je t'en prie, cesse de pleurer. Rentre chez toi et raconte comment cela t'est arrivé. Dis tout bonnement que tu as perdu ton fichu. As-tu déjà la sensation des coups qu'on va te donner ?

Sa voix s'était faite d'abord très douce, pleine d'apitoiement. À la phrase ironique qui terminait son discours, il vit avec plaisir que la fillette se levait.

— À la bonne heure ! poursuivit-il, souriant et content. Rentre chez toi ! Veux-tu que j'aille avec toi, et que je raconte la chose à tes parents ? Je saurai te défendre, ne crains rien !

Lenka, fièrement, haussa les épaules et jeta un regard triomphant autour de lui.

— Je ne veux pas ! murmura-t-elle ; tout en pleurant elle secoua lentement la poussière qui souillait sa robe.

— Si tu le désires, j'irai ! dit Lenka d'un ton mâle en campant son bonnet sur l'oreille.

Il s'était mis debout devant elle, les jambes écartées. Ses haillons semblaient frissonner autour de lui. Il frappa la terre de son bâton et fixa obstinément la fillette. Dans ses grands yeux tristes brillaient son audace et sa fierté.

Méfiante, la petite fille le regarda tandis qu'elle se débarbouillait la frimousse avec ses larmes, puis elle ajouta avec un nouveau soupir :

— Il ne faut pas que tu viennes !... ma mère n'aime pas les mendiants !

Puis elle partit et se retourna deux fois encore pour le regarder.

Lenka sentit naître en lui le découragement. Lentement, par degrés insensibles, son allure ferme et audacieuse changea ; il se courba de nouveau, reprit sa mine lasse, jeta sur ses épaules la besace qu'il tenait encore à la main et cria à la fillette prête à disparaître au tournant de la ruelle :

— Adieu !

Une dernière fois elle se retourna, puis disparut... Autour de Lenka, tout lui parut plus triste et plus noir. Le soir tombait ; une chaleur lourde annonçant un orage prochain emplissait l'atmosphère. Le soleil très bas sur l'horizon colorait d'un léger reflet de pourpre la cime des peupliers. L'ombre crépusculaire montait à l'assaut des branches, et les arbres, si grands déjà dans leur rigidité, paraissaient plus grands et plus imposants encore. Et Lenka crut comprendre qu'une pensée était en eux, qu'ils attendaient la venue de quelque chose d'effroyable. Le soleil, dont les derniers rayons passaient au-dessus de leur tête, s'assombrissaient à l'horizon, nuageux ; il semblait s'enfoncer au plus profond de la terre.

Dans le lointain on entendait des voix ; ailleurs, d'un autre côté, quelqu'un chantait et les sons timides et tremblants semblaient, comme l'atmosphère, écrasés par la chaleur suffocante.

Une tristesse et une peur imprécises s'étaient emparées de Lenka. Il sentit en lui le désir soudain de rejoindre son grand-père et se mit à marcher très vite dans la ruelle. Il n'avait aucune envie de mendier. Il allait, sentant sauter son cœur, très fort. Cela le fatiguait de marcher et de penser à la fois, mais le souvenir de la petite fille obsédait son esprit. Qu'était-elle devenue ? Etait-elle rentrée chez elle ? Etait-elle riche ? Si sa famille était aisée, elle serait certainement battue, car tous les riches sont avares ; mais si ses parents étaient pauvres, peut-être ne la frapperaient-ils pas. Dans les logis pauvres, les enfants sont plus aimés, car ils sont les gagne-pain de l'avenir. Telles étaient les pensées qui se succédaient en lui, faisant grandir sans cesse l'impression de tristesse douloureuse et angoissée qui l'écrasait, comme une nuit plus lourde et plus épaisse d'instant en instant.

Le crépuscule devenait plus accusé et l'air plus surchauffé. Lenka croisa des Cosaques accompagnés de leurs femmes et de leurs filles qui passaient sans même le regarder, accoutumés qu'ils étaient sans doute à voir des crève-la-faim venus de Russie. Il eut un regard torve pour ces gens à la mine florissante et repue et se hâta vers l'église dont on voyait briller le dôme à travers les arbres verdoyants... Il écouta le bruit des troupeaux rentrant aux étables.

Enfin apparut l'église, petite et large, surmontée de cinq coupoles azurées, entourée de peupliers dont les cimes dépassaient les croix illuminées par les suprêmes rayons du soleil à son déclin, flamboyant à travers le feuillage dans un éclat d'or rose...

Et voici venir vers le parvis le grand-père, pliant le dos sous le poids de sa besace ; couvrant ses yeux de sa main, il cherche autour de lui. Derrière le grand-père s'avance un Cosaque à l'allure lourde ; son bonnet est enfoncé sur son front ; il tient à la main un bâton.

— Ta besace est vide, n'est-ce pas ? interroge le grand-père, s'avançant vers Lenka qui le regardait venir, appuyé à la grille de l'église. Mais moi,... regarde ce que j'apporte !

Avec un gémissement, il se déchargea de son sac de toile lourd de provisions et le jeta à terre.

— On donne facilement dans ce pays ; on est très charitable. Mais toi, quel air bizarre as-tu ?

— Je souffre de la tête... répondit faiblement Lenka. Il s'allongea sur le sol, à côté de son grand-père qui, adossé à un tas de briques, l'air joyeux et avide, caressait de la main les aumônes reçues.

— Es-tu las ? Nous irons bientôt nous coucher. Quel est le nom du Cosaque qui nous a amenés ici ?

— André Tcherni.

— C'est ça, Tcherni ! Eh bien, nous nous informerons où est la demeure d'André Tcherni. Voilà un homme qui vient par ici. Oui, les gens y sont bons et fortunés. Tous mangent du pain de froment. Bonjour, brave homme !

Le Cosaque vint jusqu'à eux et lentement dit en réponse au salut du grand-père:

— Bonjour également à vous !

Ensuite, il s'arc-bouta solidement sur ses jambes, regarda fixement les mendiants de ses grands yeux vagues, et silencieusement se gratta la nuque. Lenka l'observait avec étonnement. Clignant des yeux, le grand-père attendait qu'il parlât ; le Cosaque continuait à garder le silence. Enfin, il tira la langue à demi et s'appliqua à attraper avec elle l'extrémité de sa moustache. Cette opération ayant réussi, il introduisit la moustache dans sa bouche, la mâchonna, la recracha, et rompant le silence qui commençait à devenir inquiétant, il déclara sévèrement :

— Allons ! il faut venir avec moi au poste.

— Pourquoi ? demanda le grand-père en sursautant.

Un frisson traversa le cœur de Lenka.

— Il le faut... j'ai reçu l'ordre... Suivez-moi.

Il fit volte-face et se mit en marche, mais ayant jeté un regard derrière lui, et constatant que les mendiants ne bougeaient pas, il leur cria d'un ton rogue

— Eh bien ! qu'est-ce que vous attendez ?

Le grand-père et Lenka se mirent rapidement debout et lui emboîtèrent le pas.

L'enfant fixait obstinément le vieillard ; il s'aperçut qu'il claquait des dents et qu'un tremblement agitait sa tête ; l'aïeul fouillait dans sa poitrine, tout en regardant craintivement autour de lui. Lenka comprit que son grand-père avait un poids sur la conscience, ainsi que le fait s'était déjà produit quelque temps auparavant à Taman. Un frisson douloureux le parcourut tout entier au souvenir de l'aventure de Taman.

Dans ce village, le grand-père avait volé du linge dans une cour et il avait été surpris. On l'avait raillé, insulté, frappé même, puis expulsé du bourg bien que la nuit fût proche. Et la nuit était noire ! ils avaient dû coucher tous deux dans le sable d'une plage, sur un promontoire, et toute la nuit la mer avait hurlé effroyablement. Le sable, que les lames labouraient, gémissait... Jusqu'à l'aube, le vieillard avait larmoyé sur un ton pleurard, implorant Dieu de leur pardonner et se traitant de voleur.

— Lenka !

Lenka sursauta comme si on l'eût frappé dans le dos et regarda le grand-père.

La face décharnée de celui-ci s'était faite plus crispée, plus terne ; il tremblait. Devant eux, à cinq pas environ, le Cosaque s'en allait, fumant sa pipe et faisant tournoyer sa canne.

— Tiens, prends !... jette cela dans la haie, mais regarde l'endroit où tu le jetteras... afin que nous puissions le reprendre... après ! chuchota l'aïeul à peine distinctement.

Il s'approcha de son petit-fils et lui insinua dans la main un linge roulé en boule.

Lenka s'écarta, frémissant de terreur ; un froid subit envahit tout son corps ; il s'avança vers le bord de la route que délimitait une haie touffue. Tout en fixant attentivement la silhouette trapue du Cosaque qui le précédait, il allongea la main, et jeta un regard rapide sur l'objet qu'on lui donnait, puis jeta le linge dans la haie.

Après quoi, il fut frappé de confusion...

Dans la chute, le chiffon s'était déroulé et Lenka avait pu apercevoir un fichu à fleurs qui évoqua spontanément en lui le souvenir de la fillette aux larmes intarissables. Elle lui apparut en personne, et éclipsa, comme par enchantement, le Cosaque, le grand-père et tout ce qui l'entourait... A nouveau Lenka eut dans les oreilles le bruit des sanglots de l'enfant. Il lui sembla qu'à ses pieds tombaient à terre des larmes transparentes qui dérobaient le monde entier à sa vue. Un froid de glace lui serra le cœur.

Ce fut ainsi qu'il pénétra derrière le grand-père dans le poste. Toujours abattu, il entendit un bruit qu'il ne put ou ne voulut comprendre, et ce fut à travers un nuage qu'il vit que l'on secouait sur une table tout ce que renfermait la besace du vieillard. Les morceaux de pain tombaient et rebondissaient doucement et sourdement... Il y eut des têtes nombreuses, coiffées de hauts bonnets, qui se penchèrent sur la table ; parfois elles paraissaient graves et mornes, parfois elles se redressaient dans le brouillard et irritées. Soudain le grand-père, saisi par la poigne de deux grands diables, se mit à tourner sur lui-même comme une toupie en protestant d'une voix étouffée :

— Vous avez tort d'agir ainsi, gens orthodoxes... Je prends Dieu à témoin que je suis innocent, cria-t-il d'un ton perçant.

Lenka s'abattit sur le parquet en sanglotant.

On se dirigea vers lui. On le releva, on l'assit sur un banc et on fouilla les loques dont il était vêtu. Subitement tout cessa ; les sanglots qui étouffaient Lenka moururent dans sa gorge, les lamentations du grand-père s'arrêtèrent et le grondement des voix furieuses se tut comme par miracle.

— Elle a menti, Danilovna, la damnée femelle ! cria quelqu'un et cette voix grave, en colère, frappa Lenka.

— A moins, peut-être, qu'ils ne l'aient caché quelque part ! s'exclamèrent d'autres voix plus violemment encore.

Et de nouveau des clameurs furieuses s'entre-croisèrent dans l'air.

Lenka eut l'impression que tous ces bruits étaient autant de coups qu'on lui assenait sur la tête, qu'il se trouvait mal et s'évanouissait. Soudain, il lui sembla qu'il tombait dans une fosse noire, immense, béant devant lui comme un gouffre dont il ne voyait pas le fond.

Quand il rouvrit les yeux, il sentit que sa tête était appuyée sur les genoux du grand-père dont il vit, penchée sur lui, la figure plus désolée et plus sillonnée de rides que jamais. Les yeux las et craintifs du vieillard palpitaient et des larmes opaques s'en échappaient, qui tombaient sur le front de l'enfant, roulaient sur ses joues et dans son cou en le chatouillant.

— Cela va-t-il mieux, mon petiot ? Partons d'ici ! Sauvons-nous ! Ils nous ont relâchés, les damnés !

Lenka souleva sa tête de dessus les genoux de son grand-père et s'assit à ses côtés. Sa tête était lourde comme si elle eût été remplie de quelque chose et il avait l'impression qu'elle allait tomber de ses épaules. Il la soutint de ses mains et se mit à se balancer avec des gémissements plaintifs.

— Tu as bien mal à la tête, mon enfant chéri ? Ces fauves... nous ont-ils assez torturés ? Un poignard a été perdu ; une petite fille a égaré son fichu... aussitôt la faute est à nous. Nous sommes des mendiants ; en conséquence nous sommes des voleurs ! Ah, mon Dieu, de quel crime nous punis-tu ?

Les criailleries du grand-père écorchaient les oreilles de Lenka ; en lui-même s'allumait une flamme si brûlante qu'il dut s'écarter quelque peu du vieillard.

Il fit un pas en arrière et dévisagea le vieil Arkhip : entre ses rides, il crut voir les infâmes petits serpents du mensonge qui le fascinaient. Tout frissonnant, il regarda autour de lui. Ils étaient installés à la sortie du bourg, sous l'ombrage touffu d'un peuplier aux branches tordues. La nuit était déjà venue ; la lune se levait et épandait sur l'immensité de la steppe ses reflets blafards et argentés semblant la rendre plus resserrée que dans la journée, plus resserrée et plus mélancolique.

A l'horizon de la steppe, là où elle se confondait avec le ciel, montaient des nuages violets qui s'élevaient vers la voûte du firmament, dérobant la lune et projetant des ombres noires sur la campagne.

Ces masses sombres se soudaient les unes aux autres, s'allongeaient sur le sol, y rampaient lentement, puis soudain se dissipaient. Des voix se faisaient entendre dans le village où, de-ci, de-là, des lumières s'allumaient qui paraissaient échanger des clins d'œil avec les astres du ciel, brillant d'un reflet pur et doré.

— Allons... mon chéri... il faut nous en aller ! dit le grand-père.

— Restons encore un peu, demanda Lenka.

Il aimait la steppe. Durant leurs marches de la journée, il se plaisait à laisser ses regards errer sur l'horizon, à l'endroit où la voûte du ciel s'appuyait sur la poitrine large de la plaine... Là, il croyait apercevoir des cités gigantesques, pleines de merveilles, peuplées d'êtres si bons, si généreux que l'on n'avait point besoin de leur demander du pain ; ils en distribuaient, d'eux-mêmes, à quiconque en désirait... Et lorsque la steppe, sans cesse élargie, déroulait à ses yeux son immensité, lorsque soudain apparaissait un hameau dont les maisons et les habitants étaient exactement semblables aux maisons et aux habitants déjà rencontrés ailleurs, une tristesse l'envahissait et il éprouvait comme une offense de cette désillusion.

Mais le lendemain, à nouveau, se déroulait au loin la steppe infinie et sans obstacles; et de nouveau renaissait son rêve que là-bas, loin, très loin, il existait d'autres villes, d'autres hommes, meilleurs que ceux-ci.

Pensivement, il fixait l'horizon d'où s'élevait la horde des nuages, ainsi que la fumée qu'eussent dégagée les milliers de cheminées de la cité idéale qu'il aurait tant voulu rencontrer...

La toux étouffée du grand-père interrompit son rêve. Lenka le regarda fixement; le vieillard respirait avec difficulté ; sa figure était baignée de larmes.

La lune l'éclairait ; des ombres étranges tombaient sur ses guenilles, son bonnet, ses sourcils, sa barbe, donnant à cette face dont la bouche se contractait, dont les yeux étaient démesurément ouverts et emplis d'une extase intérieure, une expression d'horreur et de détresse. A sa vue, Lenka fut saisi d'un sentiment singulier et ne put s'empêcher de s'écarter encore un peu plus de son grand-père.

— Soit ! restons, restons, dit celui-ci, cependant qu'avec un sourire hébété, il cherchait quelque chose dans sa poitrine.

Lenka se détourna et de nouveau reporta ses yeux vers l'horizon lointain.

— Lenka ! mon petit Lenka ! regarde ! s'exclama tout d'un coup le grand-père d'une voix triomphante.

Et malgré la toux qui le déchirait, il présentait à son petit-fils un objet long et brillant.

— Il est en argent... en argent... il vaut bien cinquante roubles ! murmura-t-il.

Un tremblement cupide et douloureux agitait ses mains et ses lèvres et crispait son visage.

Lenka, avec un frisson, repoussa la main tendue vers lui.

— Cache vite cela ! oh grand-père ! cache-le ! supplia-t-il en regardant autour de lui.

— Qu'as-tu, petit nigaud ? As-tu peur, mon enfant chéri ?... J'ai jeté un coup d'œil par la fenêtre... Je l'ai vu qui était suspendu... je l'ai pris... je l'ai caché contre ma poitrine, puis je l'ai jeté dans le buisson. En quittant le village, j'ai feint de perdre mon bonnet... je me suis penché et l'ai ramassé... Quels imbéciles ces gens là ! Le fichu aussi je l'ai repris ! le voilà !

Et de ses mains qui tremblaient, le grand-père sortit de dessous ses loques le fichu, il le secoua pour le montrer à Lenka...

Il semble à l'enfant qu'un rideau se lève devant ses yeux et dans son imagination il voit se dérouler la scène suivante. Le grand-père et lui s'avancent, pressant le pas, à travers les rues du hameau, s'efforçant de n'être point vus des passants. Ils marchent emplis de crainte, et Lenka a l'impression que tout le monde est en droit de les battre, de les injurier, de leur cracher à la face. Un nuage léger enveloppe les haies, les maisons, les arbres qui semblent frémir sous les rafales du vent ; des voix déchirent l'air. Ce calvaire douloureux est interminable ;

Lenka n'aperçoit ni la sortie du bourg, ni les plaines qui l'entourent. Ils sont cernés dans la masse compacte des maisons chancelantes qui, par instant, s'avancent vers eux comme pour les écraser, et par instants reculent en ricanant, comme si les fenêtres étaient des trous noirs ouverts dans leur figure. Soudain, de l'une de ces fenêtres, une voix claire s'écrie : Voleurs ! voleurs ! voleurs ! petit voleur !

Lenka jette un regard furtif dans la direction de cette fenêtre et il aperçoit cette même fillette qu'il a vue pleurer dans la journée et qu'il aurait eu tant de plaisir à défendre... Elle comprend ce qu'il pense et lui tire la langue, en dardant sur lui, de ses yeux bleus, un regard pénétrant et réprobateur qui le larde comme une aiguille.

Cette scène se renouvelle dans l'esprit de l'enfant, puis s'évanouit un moment. Lenka regarde son grand-père avec un mauvais sourire...

Le vieillard continuait à discourir, à bavarder sans relâche, ne s'interrompant que pour tousser ; il se frottait les mains, souriait joyeusement et essuyait les grosses gouttes de sueur qui coulaient sur les rides de sa figure.

Un nuage épais et déchiqueté voila la lune... Lenka ne vit plus le visage du grand-père, mais le souvenir de la fillette pleurant lui revint ; il plaça cette image à côté de celle de l'aïeul et les compara l'une à l'autre dans son esprit, le vieillard infirme, cupide, en guenilles auprès de la fillette qu'il avait volée, la fillette pleurait à chaudes larmes, mais saine, jeune et gracieuse. Dans cette comparaison, le grand-père lui apparut comme un être dépourvu de toute utilité et d'une méchanceté noire comparable presque à celle du Kochtché de la fable. Etait-ce possible ? Avait-il pu lui faire du mal ?

Cependant le grand-père poursuivait inlassablement.

— Si je réussissais à réunir cent roubles ! Alors, je mourrais tranquille.

Subitement une révolte surgit en le cœur de Lenka :

— Tais-toi ! Si tu mourais, tu mourrais...

toujours de la même façon... Mais tu ne meurs pas... Tu voles ! cria l'enfant.

Frémissant il se releva :

— Tu es un vieux filou ! Hou hou !

Et Lenka agita son petit poing nerveux sous le nez du grand-père, frappé de stupeur, puis il retomba assis, en ajoutant à demi-voix :

— Tu as volé un enfant... C'est du propre cela ! Tu es un vieillard et tu voles ! On ne te pardonnera jamais dans l'autre monde.

Soudain, toute la steppe vibra dans un enveloppement éblouissant de lumière bleuâtre qui semblait reculer les limites de l'horizon... les ténèbres se déchirèrent et disparurent un instant.

Un coup de tonnerre éclata et roula, se prolongeant sur la steppe, faisant trembler le ciel sur lequel les nuages couraient en une fuite éperdue, noyant la lune dans leur ombre.

L'obscurité revint. Très loin, là-bas, un éclair s'alluma, silencieusement menaçant, puis, une seconde plus tard, le tonnerre gronda de nouveau. Ensuite ce fut le silence, un silence qui parut devoir être éternel.

Lenka fit le signe de la croix. Le grand-père, immobile et muet, restait assis, semblant faire partie de l'arbre auquel il était adossé.

— Grand-père! murmura Lenka anxieux à l'idée d'un nouveau coup de tonnerre. Allons au village.

Une fois encore, le ciel frémit et s'incendia d'une flamme bleue ; une formidable détonation crépita. On eût dit que des milliers de barres de fer tombaient sur la terre en s'entrechoquant.

— Grand-père ! cria Lenka.

Le roulement prolongé du tonnerre couvrit sa voix qui tinta comme une clochette fêlée.

— Qu'y a-t-il, mon petit-fils ? As-tu peur? dit le grand-père sans bouger. Sa voix était assourdie et dans ses paroles on sentait de la douleur, de l'ironie et de la détresse. Lenka eut l'impression que c'était un étranger qui parlait.

La pluie commençait à tomber en larges

gouttes, produisant un bruit semblable à un avis mystérieux qu'on chuchoterait à l'oreille.

Au loin, cela grandissait sourdement comme si l'on eût frotté la terre desséchée avec une brosse gigantesque... et tout près, chaque goutte, en s'écrasant sur le sol, produisait un son mort qui n'avait pas d'écho.

Les coups de tonnerre se faisaient plus proches et les éclairs se multipliaient dans le ciel.

— Je n'irai pas au village ! hurla le grand-père d'une voix étranglée de colère... Que la pluie me noie ! que la foudre m'écrase ! je ne suis qu'un vieux chien et qu'un voleur ! Non, certes, je n'irai pas ! Vas-y seul ! Voilà ! le village est là !... Vas-y... je te défends de rester ici... ! Va-t'en ! Va ! Va ! Va !

Le grand-père criait d'une voix étouffée et rauque.

— Grand-père ! Pardonne-moi ! gémit Lenka, en s'approchant de lui.

— Ah ! Je n'irai pas !... Je ne veux pas te pardonner !... Sept ans durant, j'ai pris soin de toi !... Ai-je besoin de quelque chose, moi !... je meurs ! Oui, certes, je suis à l'agonie... Et toi... tu me traites de voleur ! Pour qui est-ce que je vole ?... Pour toi ! tout ce que j'ai fait c'est pour toi... Voilà ! prends, prends, prends. J'ai économisé, j'ai travaillé, j'ai volé... tout cela pour toi... Tout cela, Dieu le voit... Il le sait..., Il sait que j'ai volé : il me punira... Il ne remettra pas à un vieux chien tel que moi le péché du vol ! Il m'a déjà châtié ! Mon Dieu ! tu m'as frappé, ah oui, durement frappé !... Tu m'as tué par la main de cet enfant !... Je l'ai mérité, Seigneur ! Tu es équitable, Sauveur !... Et je vais vers ton jugement... Prends pitié de mon âme ! Ah ! ah !

La voix du grand-père se changea en une sorte de hurlement suraigu qui jeta la terreur dans le cœur de Lenka.

Les coups de tonnerre, ébranlant la steppe et le ciel, retentissaient en grondements précipités et se prolongeaient. On eût dit que chacun d'eux était chargé d'annoncer à la terre une importante nouvelle.

Ils chevauchaient l'un sur l'autre et éclataient sans discontinuer. Dans le ciel vibrant, les éclairs sillonnaient la nue ; la plaine frémissait ; parfois elle flambait tout entière dans une lueur bleuâtre, parfois elle s'engloutissait dans les ténèbres opaques et froides qui paraissaient la rétrécir, parfois l'horizon s'illuminait d'une traînée de feu. Il semblait que le bruit et les hurlements des éléments en furie faisaient reculer l'espace...

La pluie ruisselait en gouttelettes qui prenaient des reflets d'acier à la lueur des éclairs et elle tendait un voile devant les lumières hospitalières et clignotantes du bourg.

Lenka fut saisi d'horreur, d'épouvante et d'une angoisse morne que suscitait en lui un remords à l'égard de son grand-père. Bien que les gouttes de pluie ruisselassent de sa tête trempée jusque dans ses yeux, il les tenait fixement ouverts, pris de peur à l'idée de les fermer, et il écoutait la voix du grand-père, étouffée dans ce chaos d'harmonies formidables.

L'enfant comprit que l'aïeul était immobile, mais il lui semblait aussi que lui-même allait disparaître, s'engloutir quelque part, laissant le vieillard seul. Inconsciemment, il se rapprocha peu à peu de son grand-père, jusqu'à le toucher du coude. Alors il eut un frisson, dans l'attente de quelque chose d'épouvantable.

Un éclair déchira la nue, éclairant ces deux êtres serrés l'un contre l'autre, minuscules, les muscles crispés, sous les torrents d'eau qui ruisselaient sur eux du haut des arbres feuillus.

Le grand-père leva les mains vers le ciel en marmottant des paroles incompréhensibles. On eût dit que la fatigue l'étouffait. Lenka le regarda en face et eut un cri d'épouvante.

A la lueur blafarde de l'éclair, la figure du vieil Arkhip lui avait semblé le visage d'un mort ; une expression de folie se lisait dans les yeux fixes, révulsés.

— Grand-père ! Allons-nous-en ! cria-t-il en enfouissant sa tête entre les genoux de l'aïeul.

Celui-ci s'inclina vers lui, l'étreignit de

ses mains décharnées et osseuses et le pressa fortement sur son cœur. Soudain, il poussa un hurlement lamentable, ainsi qu un loup pris au piège.

Lenka, à cet appel désespéré, se sentit devenir fou de terreur. Il s'arracha à l'étreinte, s'élança en avant et s'enfuit comme un trait. Les éclairs l'aveuglaient, il tomba, se releva, s'enfonçant au plus profond des ténèbres que dissipaient de temps à autre les lueurs de la foudre, et qui se refermaient ensuite plus étroitement autour de l'enfant affolé.

Le tonnerre rugissait, les éclairs augmentaient sans cesse de fréquence et de force. La pluie ruisselait avec un bruit glacial, monotone, désolé. La steppe semblait n'avoir jamais connu que le bruit de la pluie, le crépitement de la foudre et le grondement furieux du tonnerre.

*
* *

Le lendemain matin, des enfants jouant dans les alentours du village revinrent en courant donner l'alarme au bourg. Ils déclarèrent qu'ils avaient aperçu le vieux mendiant étendu sous un peuplier et que, sans doute, il avait été égorgé, car à ses côtés, gisait un poignard.

Mais les Cosaques, venus pour constater les faits, reconnurent que ces détails n'étaient point complètement exacts...

Le vieillard respirait encore. Quand on s'approcha de lui, il fit un effort pour se mettre debout, mais ses forces le trahirent. On constata qu'il avait la langue paralysée; de ses yeux caves, il interrogeait tout le monde et cherchait, parmi la foule, quelqu'un ou quelque chose ; mais il ne découvrit pas ce qu'il cherchait et personne ne lui répondit.

Il mourut le soir même de ce jour. On l'enterra sous le peuplier, à l'endroit où il avait été découvert. Comme c'était un voleur et qu'il avait trépassé sans avoir reçu les derniers sacrements de l'Eglise, on estima qu'il n'avait pas le droit de reposer au cimetière.

On retrouva Lenka, deux ou trois jours plus tard... Aux environs du hameau, un vol de corbeaux tournoyait au-dessus d'un ravin ; on en chercha la cause et l'on découvrit l'enfant étendu, les mains allongées, la face contre la terre, dans la vase argileuse entraînée par la pluie au fond du fossé.

On décida d'abord de l'enterrer au cimetière en considération de ce que c'était un enfant ; puis, toute réflexion faite, on le mit à côté de son grand-père, au pied du même peuplier. On marqua l'emplacement de leur sépulture par un tertre sur lequel on édifia une croix de pierre...

TABLE

—

Tchelkache 7
Mon Compagnon 97
Grand-Père Arkhip et Lenka 183

« Bibliothèque Albin Michel »
au format de poche :

1. JACQUES CHARDONNE — *L'Épithalame*
2. THOMAS MANN — *Les Têtes interverties*
3. HENRI BÉRAUD — *Le Vitriol de lune*
4. GUY DE MAUPASSANT — *Contes choisis*
5. OCTAVE MIRBEAU — *L'Abbé Jules*
6. BENJAMIN PÉRET — *Anthologie de l'Amour sublime*
7. RAINER MARIA RILKE — *Correspondance avec Marie de la Tour et Taxis*
8. HENRY JAMES — *Confiance*
9. JOHN FOWLES — *La Tour d'ébène*
10. IRÈNE NÉMIROVSKY — *Les Chiens et les Loups*
11. VASCO PRATOLINI — *Chronique des pauvres amants*
12. FRIEDRICH DÜRRENMATT — *Grec cherche Grecque*
13. ROGER VERCEL — *Capitaine Conan*
14. TOVE JANSSON — *Le Livre d'un été*
15. YASUNARI KAWABATA — *Tristesse et beauté*
16. ERSKINE CALDWELL — *Miss Mamma Aimée*
17. IRÈNE NÉMIROVSKY — *Le Vin de solitude*
18. FRIEDRICH DÜRRENMATT — *La Ville*
19. BENJAMIN PÉRET — *Anthologie des mythes, légendes et contes d'Amérique*
20. THOMAS MANN — *Déception et autres nouvelles* suivi de *Fiorenza*
21. THOMAS HARDY — *Jude l'Obscur*
22. SLAWOMIR MROZEK — *Tango*
23. PRIMO LEVI — *Le Système périodique*
24. ROLAND DORGELÈS — *Bouquet de Bohème*
25. FRIEDRICH DÜRRENMATT — *La Promesse*
26. MARCEL BRION — *Contes fantastiques*
27. MACHADO DE ASSIS — *Dom Casmurro*
28. FRANCIS CARCO — *L'Équipe*
29. RUMER GODDEN — *Le Fleuve*

30. ADRIENNE MONNIER — *Rue de l'Odéon*
31. JOË BOUSQUET — *Le Meneur de lune*
32. ADOLF RUDNICKI — *Têtes polonaises*
33. MARCEL SCHNEIDER — *Les Deux Miroirs*
34. SINCLAIR LEWIS — *Le Lac qui rêve*
35. JEAN LORRAIN — *Maison pour dames*
36. NIKOS ATHANASSIADIS — *Une jeune fille nue*
37. MAXENCE VAN DER MEERSCH — *Quand les sirènes se taisent*
38. ANDREI PLATONOV — *La Mer de Jouvence*
39. ALPHONSE ALLAIS — *Comment on fait les bonnes maisons*
40. PIERRE LOUŸS — *Psyché*
41. CHOLEM ALEICHEM — *Tévié le laitier (Un violon sur le toit)*
42. THOMAS MANN — *L'Élu*
43. HENRIK PONTOPPIDAN — *Le Visiteur royal*
44. HONORÉ DE BALZAC — *Théorie de la démarche*
45. LÉON BLUM — *Du mariage*

La reproduction photomécanique,
l'impression et le brochage
de cet ouvrage ont été réalisés
par l'Imprimerie Pollina à Luçon
pour les Éditions Albin Michel
en février 1991
N° d'édition : 11626 - N° d'impression : 13438
Dépôt légal : mars 1991

Imprimé en France